LES 100 VISAGES DE

SORYAN NESH

DU MÊME AUTEUR CHEZ GULF STREAM ÉDITEUR

COLLECTION « ÉCHOS »

Mes vies à l'envers (2018)

DANS LA MÊME SÉRIE

L'Affaire Torrène, tome 1 (2019)

Direction éditoriale : Paola Grieco
Direction artistique : Tiphaine Rautureau
Suivi éditorial et maquette : Caroline Merceron
Correction : Maud Placines Charier

WWW.GULFSTREAM.FR

Couverture : Biboun

ISBN : 978-2-35488-695-0

Loi 49-956 du 16 juillet 1949 sur les publications destinées à la jeunesse

Maxime Fontaine

Les 100 visages de Soryan Nesh

2. La Malédiction Murillo

Gulf stream éditeur

Huit mille kilomètres séparent nos naissances
Arrivée loin de moi, tu vins pour donner sens
À mes divagations de crayon, de papier
Ta douceur les forgea, en un savant creuset
Ces ailes que tu me peins, je t'y trouve blottie
Et j'aime qui tu es, Marie comme Jyothi.

Merci aussi à l'inspirante musique de Max Richter, sans laquelle ce tome 2 de Soryan Nesh eut suivi une trajectoire toute différente.

CHAPITRE 1

Gargouilles en bord de Seine

Dès que les frères Hannem firent voler la porte d'entrée, ils remarquèrent le changement d'ambiance. D'habitude, lors de leurs visites, le modeste logis situé au bord des quais de Seine était éclairé de deux pauvres ampoules électriques, et quatre enfants jouaient autour des adultes débordés, en attendant le repas. Ce soir-là, seuls les accueillirent le silence et l'obscurité.

— Tu crois qu'ils se cachent, Éric ?

— Et pour quelles raisons, Pascal ? On ne leur veut que du bien, à cette petite famille !

Le plus grand des frères avança dans la pièce, sous les ricanements du second. Pour mieux y voir, il utilisa la fonction lampe torche de son téléphone portable. Celle-ci balaya les quelques meubles et simples possessions des personnes qu'ils étaient venus racketter.

— Tout est là, 'se sont pas envolés pour un autre nid. Alors quoi ? Ils ne veulent plus voir les frères Hannem ?

— S'ils pensent que ça va leur faire sauter leur

quittance de loyer supplémentaire, c'est qu'ils n'ont pas bien compris comment ça fonctionne, pas vrai Éric ?

Le plus âgé des frères s'avança vers l'objet le plus élégant de la pièce : une petite théière de porcelaine, décorée à la main.

— Tu crois que si je pète un truc ou deux, ça les fera venir, nos asticots ?

Sans attendre de réponse, il saisit un verre laissé sur la table et le fracassa contre le sol, pour ensuite se débarrasser de la théière, qui suivit le même trajet. Cet acte de vandalisme provoqua l'hilarité de son frère, qui voulut l'imiter en se rapprochant d'un meuble à vaisselle. Mais à cet instant précis, un bruit sourd attira l'attention des deux hommes. Dans l'encadrement de la porte était apparu un corps massif, dont ils ne comprirent pas vraiment les contours. Il s'agissait d'une ombre difforme, aussi large que haute, et qui, dans la pénombre environnante, paraissait ne pas posséder de tête. Il y eut comme un grognement qui les fit sursauter. Puis la porte d'entrée se ferma d'un coup, laissant Éric et Pascal Hannem absolument seuls avec la créature.

Depuis le temps qu'ils réclamaient des « loyers supplémentaires », les deux gangsters étaient habitués aux bagarres en tout genre. Pourtant, jamais ils ne s'aventuraient sur un terrain où ils n'étaient pas absolument certains de posséder l'avantage. Ce soir-là, quelque chose dans cette brève mais sinistre apparition les mit extrêmement mal à l'aise. Pour le provoquer souvent chez d'autres, ils reconnurent le parfum de la peur.

De ces instants étranges où la réalité dérape, pour vous entraîner brusquement dans un saisissant recoin de ténèbres.

Éric comme Pascal balayèrent l'obscurité de leur lampe torche, à la recherche du monstre qui venait de s'enfermer dans la vieille bâtisse, en leur compagnie. Tous deux saisirent un mouvement : l'intrus avait quitté l'entrée, pour se fondre dans les ombres, en un saut puissant.

Aucun des deux frères ne voulut s'avouer ce qu'ils venaient de voir d'un peu trop près : un être disproportionné, de ceux que l'on ne croise qu'au détour d'un cauchemar.

D'une voix pas totalement assurée, le premier frère avança :

— Allez… c'est quoi, ce truc ? Une mise en scène minable, pour nous faire pétocher ?

— Ben voyons ! acquiesça le second, guère plus convaincu. Tout est permis pour ne pas cracher les biffetons. Ah, c'est pas joli, la p'tite famille ! On va devoir sévir, vous l'aurez cherchARRRRRGH !

De l'ombre, derrière eux, avaient surgi deux bras robustes. Ces bras s'étaient emparés du plus grand des frères Hannem pour le soulever de terre, dans un cri rauque, presque inhumain. Tandis qu'Éric se débattait, Pascal, perdu dans la pénombre, ne savait où donner des poings. Bientôt, le gangster piégé se trouva projeté contre une paroi. Son téléphone/lampe torche se brisa sous le choc et il y eut une explosion sanguinolente au niveau de son nez.

Le plus vieux des frères sortit son arme à feu.

— On bouge plus, le gorille ! Je sais pas qui tu es, je sais pas combien la famille Dolata te paie pour nous flanquer la frousse, mais ça suffira pas pour nous…

Un premier coup asséné dans la pénombre le laissa désarmé et à moitié groggy. Quand vint le second, Pascal Hannem tomba à genoux. Des milliers de lucioles dansèrent autour de ses yeux.

— Bazcal… Bazcal ! appela son frère, le nez en miettes. Za se basse mal. On debrait filer, et reb'nir avec…

Éric Hannem n'eut guère le loisir de finir sa phrase, lui non plus, car dans la pièce obscure venaient d'apparaître plusieurs formes translucides, qui drapaient la scène d'une lueur diaphane. Des spectres, bientôt, voletèrent en sarabande au-dessus des deux gangsters médusés. D'abord floues, ces apparitions devinrent des créatures ailées, de longues gargouilles blanches, aux traits grimaçants, qui se mirent à piailler et grogner telles des bêtes féroces. Dans un cri rauque, l'une des gargouilles s'approcha très près des frères Hannem, manquant de leur déchirer le visage de ses puissantes mâchoires.

Les deux brutes, terrifiées, se blottirent l'une contre l'autre, comme si leur proximité pouvait effacer l'affreuse réalité de ces monstres volants.

Le mastodonte apparu plus tôt sur le seuil choisit évidemment ce moment pour ressurgir. Son corps massif et bossu émergea de l'ombre, dans toute sa grandiose difformité. Pour la première fois, les frères Hannem discernèrent sa tête au teint caramel, comme enfoncée au milieu des épaules. De près, de très près, à leur goût de beaucoup trop près, ils découvrirent les traits déformés du monstre, ses yeux asymétriques, son nez écrasé, ses dents irrégulières, sa mâchoire de travers, son front bombé.

Les veines gonflées, les poings serrés, la bave jaillissant presque de ses lèvres enflées, l'abomination gronda :

— Ici, maint'nant, c'est sous ma protection ! Vous deux, si vous rev'nez, voilà c'qui vous arrive ! » À cet instant, il saisit une chaise et la brisa contre son genou, dans un effroyable craquement. « Alors… du balai ! »

D'un puissant coup de pied, le monstre rouvrit la porte. Il n'en fallut pas davantage aux frères Hannem pour décamper dans un gémissement, sous les grimaces et les cris féroces des gargouilles, par une porte qu'ils ne refranchiraient jamais plus.

L'affreuse créature les suivit d'un nouveau bond. Elle demeura postée sur le seuil, une main sur les hanches, l'autre sur une besace qu'elle portait sur le côté. Les gangsters galopèrent jusqu'au coin de la rue déserte, puis ils y disparurent, sans même risquer un regard en arrière.

Tandis que s'évanouissaient les gargouilles illusoires, dans un lent éparpillement de particules blanches, deux adolescents vinrent se poster derrière le bossu triomphant. L'un d'eux était une jeune spirite aux cheveux châtains, au teint pâle, vêtue d'une longue jupe et d'un corset. Le second était un garçon à la peau noire, aux cheveux courts, habillé d'un blue-jean et d'un pull à capuche. Dans sa main droite reposait la tablette qui lui avait servi à diffuser les bruitages enregistrés, pseudo-cris stridents des gargouilles factices.

— Si vous voulez mon avis, commenta le garçon, ces deux clowns ne vont plus trop s'aventurer dans le coin… 'Va falloir que tu passes un coup de fil à nos clients, Alex, pour leur annoncer la bonne nouvelle !

La dénommée Alex hocha du chef.

— La famille Dolata va pouvoir regagner ses pénates, sans craindre la visite de ces truands. Ça va leur changer la vie !

— Bon alors, vous les avez trouvés comment, mes bruitages ? demanda le garçon.

— Le plus difficile était de synchroniser les mirages que j'animais en me calant sur ta bande-son, Thomas, répondit la spirite. Mais on s'en est plutôt bien tirés, je pense.

Tout à coup, le bossu poussa un nouveau grognement, qui fit sursauter les deux adolescents. Il pivota vivement vers eux. Une grimace tordue déforma son horrible faciès, pour dessiner ce qui ne ressemblait que très vaguement à un sourire.

L'effroyable bossu paraissait absolument ravi. Pourtant, dans un geste d'automutilation, ce monstre saisit son propre visage d'une main, visage qu'il sembla arracher, dans un éclat de lumière bleutée. Le corps du bossu, alors, se redressa d'un coup. En quelques secondes, il s'affina, s'élança. Toute difformité s'effaça. En lieu et place de l'abomination apparut un Indien d'une trentaine d'années, aux traits fins, aux cheveux en bataille. Une légère cicatrice barrait une partie de sa pommette gauche. Son bras droit se trouvait enrubanné dans un long pansement vétuste, à la manière d'une momie. Dans ses yeux très bleus brillait une lueur malicieuse, lorsqu'il déclara :

— Alors Alex, je te l'avais bien dit qu'il me servirait un jour, mon masque de Quasimodo !

L'adolescente haussa les épaules.

— J'ai eu tort, concéda-t-elle. Je ne pensais vraiment pas que le numéro 15 pouvait nous être utile. Tout est affaire de circonstances, Soryan…

Ce genre de métamorphose, Soryan Nesh en avait l'habitude. Homme-caméléon, il était capable, sous certaines conditions, d'incarner un très grand nombre de célébrités, au point de parfois perdre sa propre personnalité en chemin. Ce soir, pourtant, il s'était transformé en Quasimodo, sans aucune difficulté.

De sa besace, l'Indien tira un petit vase de grès, assez grossier, griffé de quelques runes. C'était cet objet très ancien qui lui avait permis de devenir l'impressionnant bossu, l'espace de quelques instants.

— Si vous saviez à quel point il m'a été difficile de récupérer ce vase tout moche, et de le transformer en artefact…

Il le fit tourner entre ses doigts, sous le regard de ses assistants.

— J'avoue que si j'ai accepté ce petit boulot, c'est avant tout pour enfin l'utiliser ! Parce que bon, soyons honnêtes : ce n'est pas avec les maigres économies de la famille Dolata que l'on va pouvoir se payer des vacances au soleil !

En face de Soryan Nesh, Alexandra eut un geste d'impatience.

— Vous ne pouvez pas vous empêcher de tout gâcher, Soryan ! Pour une fois qu'on effectue une bonne action, en aidant ces pauvres gens rackettés…

— C'est ça, oui ! Et finir dans un taudis comme le leur parce qu'on ne gagne rien en retour ? Non merci ! Déjà que le sous-sol de notre Agence n'est pas exactement un palace…

Alex haussa les épaules.

— Si vous freiniez un peu vos dépenses, aussi ! Franchement, je me demande où part l'argent que l'on gagne !

— Hum, toussa Thomas. Mes parents ne sont pas très riches, mais ils s'en tirent bien mieux que vous, Soryan, désolé…

— Oh hé ! si vous n'êtes pas satisfaits de ma façon de gérer les choses, vous pouvez toujours donner votre démission, tous les deux. Franchement, ça me fera des vacances !

— Soryan Nesh !

L'Indien et ses employés tournèrent en même temps le regard en direction de la voix qui venait de les interpeller. Sous la lune quasi pleine se découpait une fine et sombre silhouette.

— Cela fait quelques années que je ne t'ai pas vu, mais je t'ai enfin débusqué, *asesino* !

La voix était féminine. La silhouette s'avança. Alex et Thomas découvrirent une jeune femme qui ne paraissait pas avoir trente ans, aux cheveux noirs et ondulés, au regard intense. Un grain de beauté tachetait sa joue gauche. Elle ne semblait pas rire du tout.

— Euh, dites-nous tout, Soryan, s'amusa Thomas. C'est une ex à vous ? Vous lui avez piqué deux ou trois trucs, avant de disparaître pour toujours ?

— Hum… Elle s'appelle Inès Murillo. Elle possède certains… dons, elle aussi. Grâce à ces dons, sans doute, elle vient de me retrouver. Et, euh… entre elle et moi, c'est une histoire un peu compliquée.

— C'est *toujours* compliqué avec vous, Soryan, remarqua la spirite, dans un soupir.

L'Indien fit un pas en avant, en levant les deux mains.

— Inès… *cariño*. Je pense que tout ceci est un malentendu. La dernière fois, il ne m'a pas été possible de…

Sans attendre la fin de la réponse, Inès Murillo s'élança dans sa direction. Soryan Nesh ne découvrit que trop tard le détail suivant : la main droite de la jeune brune rayonnait d'une étrange lueur noirâtre.

L'Indien eut un mouvement de recul qui manqua d'amplitude. Silencieusement, mais avec une détermination farouche, Inès Murillo plaqua la paume de sa main sur la gorge de Soryan.

Il y eut une déflagration sombre. La vision d'une étendue lointaine, au-delà des étoiles. Une voix profonde, qui imprima sur le cerveau de Soryan quelques paroles mystiques, dans une langue inconnue.

Lorsque Alexandra et Thomas se précipitèrent pour séparer le couple, le mal était fait.

Inès recula. Soryan Nesh se palpa la gorge.

— Qu'est-ce que… Quel sortilège viens-tu de lancer, Inès ?

Une vive douleur traversa tout son corps. Il lui semblait que son sang était devenu aussi bouillant que de la lave, que sa peau se liquéfiait. Fauché par cette souffrance, il tomba à genoux.

Avant de sombrer dans l'inconscience, il perçut ces cinglantes paroles d'Inès.

— C'est le poids de notre malédiction, Soryan Nesh. Celle avec laquelle je dois vivre chaque jour, celle que tu mérites aussi. Désormais, toi et moi, nous nous approchons du même tombeau.

CHAPITRE 2

Le cadeau d'Inès

Lorsqu'il reprit conscience, Soryan Nesh se trouvait à son domicile, dans un canapé. Son regard se promena le long du parcours de dominos qui serpentait, en complexes circonvolutions, sur le parquet et les meubles de son salon. Un instant, il lui sembla qu'il venait de rêver les derniers événements. Il secoua la tête, redressa le buste, s'ébouriffa les cheveux. On l'avait porté jusque chez lui, on l'avait laissé torse et pieds nus. Le vieux bandage qui mangeait son bras montait jusqu'à son épaule. À partir de celle-ci, une tache complexe, comme un soleil allongé de tortueux rayons, s'étendait sur son sternum.

Cette tache sombre aux reflets violets était sans doute un cadeau d'Inès. Elle le brûlait atrocement.

En temps normal, Soryan Nesh aurait quitté le canapé et se serait précipité dans la salle de bains afin de contempler la marque dans le miroir, plus distinctement. Cependant, un problème plus immédiat et d'une autre envergure avait déjà happé toute son attention.

À un mètre du canapé, en effet, il n'y avait plus de sol. Plus de murs et aucun plafond non plus. En lieu et place de ces éléments habituels et rassurants : un vaste ciel obscur, moucheté de milliers de lointaines constellations.

Un peu comme si la portion de salle meublée où s'était réveillé Soryan se trouvait en totale suspension dans l'espace.

— Oh ! très clairement, je suis en train de rêver, se dit-il.

Soryan Nesh avança calmement jusqu'au rebord de la pièce. Ses pieds nus se posèrent bientôt à l'endroit où son parcours de dominos s'arrêtait, où les lames du plancher avaient été comme brusquement arrachées à la réalité, pour laisser place à l'infini du cosmos. Du bout du pied gauche, il testa le vide sidéral, pour bien s'assurer de sa réalité.

Il ne s'agissait pas d'une illusion. Effectivement, le sol cédait la place à d'abyssales profondeurs constellées d'astres scintillants. Pourtant, l'atmosphère ne s'était pas évanouie, elle.

— Cela n'a aucun sens, je devrais mourir asphyxié. Et là, je respire parfaitement… Un point de plus, pour l'hypothèse du rêve !

Un moment, Soryan Nesh demeura en contemplation face au paysage galactique. Quelques astéroïdes mobiles vinrent animer cette immensité qui suscitait le vertige. Le détective pivota, à la recherche du soupirail qui normalement donnait sur la rue des Trois-Frères, en plein cœur du XVIIIe arrondissement de Paris. Soryan s'y dirigea lentement, d'une démarche cotonneuse en accord, selon lui, avec les principes du songe. Il grimpa sur un tabouret, et reconnut la fraction de béton, d'immeubles et de ciel gris qui illuminait faiblement son quotidien. Il lui sembla même que quelques piétons, peu au fait de leur présence dans une autre et lointaine galaxie, poursuivaient, l'air de rien, leur petit bonhomme de chemin sur les trottoirs d'un Paris si proche, et soudain si loin. Soryan les eût bien hélés... mais pour quoi faire ? Leur assurer que l'univers s'était invité dans son salon, et qu'ils devraient venir y jeter un œil, pour ne pas mourir idiots ? À cette pensée, l'Indien sourit. Puis il descendit du tabouret, et se dirigea de nouveau vers le paysage sidéral.

— Et moi qui n'ai même pas songé à acheter un scaphandre d'astronaute, pour mes longues soirées au coin du feu. Vraiment, je ne suis pas très prévoyant.

Encore une fois, il considéra ce ciel sans limite. Jamais il n'avait contemplé pareil spectacle, jamais il n'avait observé paysage si pur, un parfait océan de multitude et de tranquillité. Un instant, il fut tenté par l'idée de quitter cette portion de salon qui donnait sur l'infini. Il lui aurait suffi d'un saut, d'un plongeon vers les constellations. Après tout, que risquait-il ? Au beau milieu d'un rêve, toutes les audaces sont permises. Quel plaisir cela devait être de lâcher prise, de s'envoler, d'être arraché à la gravitation terrestre, pour évoluer librement au milieu des étoiles.

— Oh et puis zut ! Je serais parfaitement idiot de ne pas le tenter !

Il fléchit les jambes, s'apprêta à prendre une impulsion. Avec un peu de chance, il allait se trouver propulsé à plusieurs centaines de mètres de chez lui en direction de la nébuleuse mauve qui était en train de se dessiner.

Une nébuleuse mauve, tiens…

L'instant d'avant, cette touche colorée n'existait pas, dans le paysage en noir et blanc.

Soryan Nesh détendit les muscles, et réfléchit. Le nez en l'air, il joignit les mains et plaça les deux index, relevés, sur sa lèvre inférieure. À bien la détailler, cette nébuleuse paraissait s'approcher. Pas lentement, non. Plutôt à vitesse supersonique. Mais très harmonieusement. Elle remua, s'étendit, mangea la majeure partie du ciel, provoquant plusieurs explosions silencieuses, et autant de mouvements incompréhensibles, une étoile chassant l'autre, une constellation bousculant quelques planètes fugitives. Impossible de ne pas rester médusé face à l'étonnante et impensable mobilité du phénomène. Soryan Nesh avait l'impression d'assister à la mort, puis à la naissance de plusieurs dizaines de mondes, à la fusion de multiples astéroïdes, à la séparation de planètes jusque-là jumelles, soudain distantes pour l'éternité.

Il ne sut rien dire d'autre, il ne sut bientôt plus rien. Il imaginait son cerveau bouillonnant de mille connaissances, acquises au contact des nombreux masques qu'il avait l'habitude de porter, et qui transformaient son corps comme son esprit. Soryan avait été épéiste, mage, musicien, explorateur, danseur, marin, conteur… Ces dernières années, il avait endossé tellement de rôles !… Pourtant, tout cela n'était que poussière, face à la vision d'un univers en perpétuelle métamorphose. Cette extraordinaire expérience, que signifiait-elle ? S'agissait-il d'un souvenir enfoui appartenant à l'une de ses multiples personnalités ? Ou simplement un dérapage ordinaire de son cerveau en mal de sensations ?

Dans le vaste ciel de son salon, la nébuleuse mauve semblait se rétracter. Comme si elle s'éteignait à son tour, comme si elle s'étendait dans une autre direction, comme si cette fabuleuse démonstration de puissance et de lumière l'avait soudainement épuisée. Soryan Nesh demeura songeur. Il se fit la réflexion qu'après de tels efforts, peut-être la nébuleuse avait-elle besoin de piquer un bon petit roupillon : à vrai dire, comment le deviner ?

Bientôt ne subsista d'elle qu'une longue traînée mauve, dont jaillit une unique masse, vaguement sphérique, plus noire encore que la nuit dont elle était issue. Cette masse, qui pouvait être un astéroïde, une planète colossale, ou bien une simple balle de tennis trempée dans le goudron, s'approchait avec une lenteur extrême d'un Soryan Nesh qui venait de retrouver l'usage de la parole.

— Eh bien ! quoi maintenant ? Un astre vivant va s'inviter chez moi, et on va boire du darjeeling en parlant politique interstellaire ?

En réalité, il ne s'agissait pas vraiment d'une sphère. À mesure que s'approchait la masse, on pouvait discerner quelques irrégularités, des appendices, et puis une respiration. Oubliée également, l'idée de la balle de tennis plongée dans le goudron, car l'entité avait progressé et révélait sa taille immense. Elle mangeait le panorama, occultait le firmament, projetait une ombre gigantesque sur Soryan Nesh et sur son coin de salon.

Aucun doute, il y avait de la vie dans cette forme. Mais comment concevoir ses contours qui se perdaient dans l'obscurité ? En comparaison, le corps difforme de Quasimodo lui parut soudain un parfait modèle d'harmonieuses proportions. La belle assurance de

Soryan le quitta d'un coup. En effet, il découvrait un peu trop de bouches, au milieu de ce monstre.

Soudain, l'une de ces bouches s'ouvrit.

Mais s'agissait-il d'une bouche… ou d'un œil ?

À le contempler plus longuement, on eût dit un œil sombre, aussi noir que le corps qui l'abritait, mais dans lequel l'espace se reflétait. En son centre, on discernait comme une pupille rouge. Une pupille qui bougea un moment, avant de se fixer sur Soryan Nesh.

Oui, l'œil sombre au cœur rouge le regardait ! C'était un œil lugubre, accusateur, perçant, incandescent. Un œil tribunal qui voyait au plus profond de son être, qui scannait ses pensées, qui disséquait ses projets, qui scrutait ses secrets. Un œil qui soudain s'imprimait dans sa chair, qui s'insérait dans ses muscles, qui faisait fondre ses os.

Alors, Soryan hurla.

— ARRRRRRRRGH !

— Dépêchez-vous ! On est en train de le perdre !

— De le perdre ? Mais, mais…

— De le perdre, oui ! Son cœur ne va pas tenir longtemps ! Concentrez-vous un peu ! Faites le nécessaire !

Suite à ces injonctions, la voix d'Alexandra résonna, en un flot de paroles issues d'une langue très ancienne.

Quelque part, au-dessus du corps inanimé de Soryan Nesh, la réalité reprit ses droits. Le salon et le canapé étaient restés les mêmes, mais le cosmos avait cédé la place aux murs de son appartement.

Autour de lui, trois silhouettes, deux filles et un garçon, s'activaient ardemment pour le maintenir en vie.

CHAPITRE 3

Sombres empreintes

Depuis plusieurs dizaines de minutes, le salon de Soryan Nesh s'était métamorphosé en hôpital de fortune.

Autour du canapé, Alexandra avait tracé un cercle de runes. À force d'incantations, la jeune spirite empêchait l'esprit de Soryan de quitter son corps. Et la tâche s'avérait particulièrement délicate, car elle ne pouvait relâcher sa concentration, ni deviser avec les autres. À ses côtés, Thomas et une dame asiatique, en blouse blanche, aux cheveux gris mi-longs, demeuraient penchés sur l'enveloppe charnelle de l'Indien. Car le cœur battait irrégulièrement, la fièvre grimpait, la tension chutait. Bientôt, Soryan Nesh fut saisi de convulsions. Thomas dut le tenir fermement, tandis que la dame en blouse blanche préparait une série d'injections.

— Tenez bon, Thomas… J'y suis presque !… Je dois m'occuper de ce vieux bandage, autour de son bras droit. La tache au niveau du sternum s'étend dangereusement. Depuis que je suis arrivée, elle a quasiment doublé de volume… Je ne sais pas ce que lui a refilé sa copine espagnole, mais c'est du costaud !

— Nous n'avons pas compris grand-chose, avoua le garçon. Apparemment, il s'agit d'une malédiction. La fille s'appelait Inès. Inès Murillo. Lorsque Soryan est tombé à terre, Alex et moi nous sommes occupés de lui, bien sûr. Elle avait déjà filé…

La doctoresse attrapa une paire de ciseaux, et entreprit de découper le long pansement de Soryan.

— Mouais… Le problème, c'est que Soryan a déjà deux ou trois petites afflictions avec lesquelles il doit lutter au quotidien. Une malédiction en plus, c'est un peu l'élément de trop, dans ce cocktail explosif !

— Pas possible ! s'exclama Thomas. Je ne vais jamais réussir à le maintenir allongé !

L'adolescent tentait de ceinturer Soryan, mais celui-ci se débattait comme un diable, et lui flanquait coups de tête et de genoux. L'Asiatique planta aussitôt l'aiguille qu'elle venait de préparer dans le bras de l'Indien. C'était la première fois que Thomas apercevait le bras droit de son employeur, nu, sans aucun pansement. Il fut saisi de constater qu'à cet endroit de son corps, la peau possédait parfois l'exacte couleur d'un morceau de charbon.

— En tout cas, poursuivit la femme médecin, je peux vous jurer que si l'on perd Soryan, je passerai un bon moment à peler le cuir de cette Inès, rien qu'avec mes ongles. Morceau par morceau !

Qui était ce médecin qui dirigeait les opérations depuis son arrivée, rue des Trois Frères ? Thomas l'ignorait. Il connaissait juste son prénom : Yun-Lin. Ce contact avait été trouvé par ses soins, dans les poches du pardessus de Soryan, en compagnie du vétuste téléphone portable toujours éteint, dont l'Indien ne se servait jamais. Il s'agissait simplement d'un numéro griffonné sur un bout de papier bleu, dans une enveloppe cachetée. Sur cette enveloppe, l'écriture de Soryan, qui avait tracé ces quelques mots : « À n'ouvrir que si vous me savez entre la vie et la mort. »

Immédiatement, Thomas avait composé le numéro. La voix autoritaire, au bout du fil, leur avait donné rendez-vous rue des Trois-Frères, en insistant sur ce fait : s'ils voulaient sauver l'existence de leur patron, ses assistants avaient tout intérêt à ne surtout pas se rendre aux urgences, où une armée entière de médecins « trop cartésiens » allait l'empêcher de s'occuper de Soryan « correctement ».

Un chauffeur de taxi de leur connaissance était passé prendre Soryan, Alex et Thomas en bord de Seine. Il les avait aidés à transporter le détective, parfaitement inconscient, dans son véhicule. Habitué aux excentricités de Soryan, l'homme n'avait pas vraiment posé de questions. Les deux adolescents, en revanche, s'étaient fortement inquiétés devant le manque de réaction de leur employeur qui respirait à peine. Le chauffeur dut le comprendre, car il grilla plusieurs feux rouges et enchaîna quelques dérapages. La voiture finit sa course garée de biais sur un bout de trottoir, tandis que la fameuse Yun-Lin, une sexagénaire mince et dynamique, déboulait avec tout son attirail médical, en face des locaux de l'Agence 100 Visages.

Désormais, tous trois s'activaient dans ce même et simple but : permettre à Soryan Nesh de demeurer un peu plus longtemps sur cette Terre. Et tant pis si les adolescents ne connaissaient rien, ou presque, de cette nouvelle femme issue du passé de leur employeur.

Au bout d'un moment, Alexandra poussa un cri. Plusieurs gouttes de sueur perlaient sur son front.

— J'ai beaucoup de mal, gémit-elle. Ce n'est pas juste la proximité de la mort. Il y a… comme une force invisible, qui cherche à nous l'arracher.

— La malédiction…, supposa Thomas.

— C'est comme tenter d'inverser le courant d'une rivière… Nous pouvons nous agiter un moment, pourtant comment lutter contre l'ordre naturel des choses ?

— Eh bien ! tâchez d'accomplir un ou deux miracles, alors ! lui intima Yun-Lin. Tout ce que je vous demande, c'est de tenir un petit moment de plus. Soryan m'a souvent parlé de vous, en des termes plus qu'élogieux. Vous ne voudriez pas le faire mentir, quand il affirmait que vous étiez capable de lui sauver la mise ?

La jeune spirite redoubla d'efforts, enchaînant les incantations à vitesse accélérée. Assise en tailleur, elle semblait disputer un match de boxe mental, et chaque seconde écoulée paraissait l'épuiser encore davantage.

Pendant ce temps, Yun-Lin était partout. Elle effectuait les examens, analysait les données, réagissait à chaque information, préparait les remèdes, les administrait dans la foulée, remotivait les troupes, et veillait au rôle de chacun. Jamais Thomas n'avait connu dame de son âge aussi vive et aussi efficace.

Lorsqu'elle eut accompli tout ce qu'il était médicalement et humainement possible de tenter pour sauver Soryan, elle déclara, catégorique :

— S'il avait débarqué à l'hôpital, il serait déjà mort. Heureusement que je le connais bien.

— Vous… Vous lui avez administré quoi, au juste ?

— Un cocktail maison, se contenta-t-elle de répondre. Mais il n'est pas tiré d'affaire, loin de là ! Je dirais même que son état empire.

— Je… confirme, signifia Alex. Il est en train… de partir…

Yun-Lin se tourna vivement vers Thomas.

— Il nous reste deux ou trois trucs à tenter… Allez vite fouiller dans ses affaires, et ramenez-moi n'importe quel numéro. Bon, évitez quand même le numéro 21 ou le 37.

— Oh, vous… Vous êtes au courant pour les masques ?

— Encore heureux que je suis au courant !… Ce qu'il me faut, c'est un sursaut de vigueur. L'énergie vitale d'une autre personnalité. N'importe qui fera l'affaire. Puis nous pourrons…

À ce moment précis, le moniteur relié au cœur de Soryan produisit un bruit qui fit sursauter tout le monde. Les trois soignants fixèrent une ligne plate, lumineuse et sonore, censée représenter les battements de son cœur. Yun-Lin jura en chinois, attrapa un instrument métallique, puis se plaça à califourchon sur le torse de Soryan.

L'instant d'après, une décharge électrique naquit de l'instrument supposé faire repartir l'organe vital de l'Indien, en bout de course. Tandis qu'elle rechargeait son défibrillateur, Yun-Lin hurla à Thomas :

— Tu attends quoi ? Qu'il clamse pour de bon ? Choisis un numéro, *maintenant* !

Tom bondit en direction de l'immense mallette que Soryan Nesh trimballait habituellement dans tout Paris : un bagage découpé en de nombreux compartiments, regorgeant d'objets hétéroclites. Chacun d'entre eux permettait à Soryan de devenir un autre. Cette mallette avait été posée au pied du bureau de l'Indien. Problème : elle était protégée par une fermeture codée, dont Thomas ne connaissait pas la combinaison.

— Le code, dit-il… Je ne le connais pas…

— C'est 1905, beugla Yun-Lin, tandis qu'elle envoyait une seconde décharge dans le corps inerte de l'Indien.

Thomas ne posa pas d'autre question. Le code composé, la mallette s'ouvrit, offrant à l'adolescent un joyeux bric-à-brac de compartiments de tailles différentes, débordant d'objets emballés. Sa main s'aventura vers l'un des numéros qu'il ne connaissait pas. Mais il y eut comme un tremblement dans la pièce et, soudain, le long fleuret qui occupait le compartiment n° 3 tomba d'un coup dans la main de Thomas. L'adolescent avait déjà rencontré l'objet, quelques semaines auparavant. Il le tendit très vite à Yun-Lin qui, en échange, lui balança le défibrillateur.

— Ta copine est occupée… Toi, tu prends ma place et tu envoies le courant ! Pendant ce temps, je m'occupe de Soryan et du bout de réglisse qui lui sert de bras !

Lorsque la peau noircie de l'Indien entra en contact avec le fleuret, les runes qui en ornaient le pommeau s'illuminèrent et se mirent en mouvement, pour migrer vers son bras. Alors, Yun-Lin s'activa au niveau de son visage. Une lumière bleutée envahit soudain la pièce. De ses mains, Yun-Lin enchaîna quelques passes chorégraphiées, autant de gestes que l'on aurait attribué à un prestidigitateur, plutôt qu'à un médecin. En même temps, à son signal, Thomas activait le défibrillateur.

Sous l'effet du sortilège, la peau de Soryan Nesh pâlit légèrement. L'essentiel de la transformation se situa au niveau du visage. Ses cheveux s'allongèrent, des moustaches et un bouc lui poussèrent. Enfin, son nez prit des proportions… démesurées.

Thomas reconnut les traits de Cyrano de Bergerac, la première des célébrités qu'avait incarnée Soryan Nesh devant lui.

Yun-Lin ne se questionna pas longtemps sur l'efficacité de son coup de poker. Instantanément, le moniteur relié au cœur de l'Indien indiqua de jolies courbes régulières.

Tout le monde recula, car Cyrano leva brusquement le buste, et ouvrit grand les yeux. Dans son phrasé caractéristique, l'épéiste déclama :

— En quel étrange songe me suis-je promené ?

» J'ai bien cru y laisser plus que le bout du nez !

» Les étoiles semblaient avoir mangé la terre.

» L'une d'elles vint à moi, féroce, sombre et guerrière.

» Tandis qu'elle s'étendait, ma mort se dessina.

» Mais soudain un éclair, tout change… et me voilà !

Yun-Lin et Thomas poussèrent un profond soupir de soulagement.

— Nous ne sommes pas encore tirés d'affaire, annonça l'étrange médecin. Loin de là. Mais avec la dose de « Nesh Spécial » que je lui ai injecté, nous avons un sursis.

— La dose de *quoi* ?

— Ne cherchez pas, Thomas. Il s'agit d'un mélange de mon invention, que je garderai secret. Mais faites-moi confiance : c'est pile-poil ce qu'il faut à un enquêteur caméléon, bardé d'épées de Damoclès et de malédictions.

Exténuée par sa lutte mentale, Alexandra, libérée, s'effondra sur le sol. Thomas l'aida aussitôt à se relever, et tous deux s'affaissèrent dans un fauteuil. Yun-Lin, quant à elle, se posta juste en face de Soryan de Bergerac, les poings sur les hanches.

— Bon, on va regarder où vous en êtes. Ensuite, vous nous expliquerez ce qu'il s'est passé entre vous et cette Inès Murillo.

CHAPITRE 4

UN CHOIX CORNÉLIEN

Avant de tout connaître des liens entre Soryan Nesh et celle qui avait bien failli l'assassiner, il eût d'abord fallu prendre congé de Cyrano de Bergerac.

Seulement, le bretteur du XVIIe siècle s'était lancé dans une diatribe, en comparant la vénéneuse Inès Murillo à son idéal féminin, la belle Roxane. Une femme avec qui, de son vivant, l'épéiste à long nez n'avait pu vivre sa passion.

— Cette brune incendiaire ne manque point d'attraits.
» De la Femme éternelle, elle est le doux portrait.
» Son visage comme une ode à la beauté céleste
» Couronne cette grâce qu'elle porte en chaque geste.
» Nulle autre à part Roxane n'a su tant m'émouvoir.
» Et je mesure l'honneur d'avoir pu la revoir.

— Oui, bon, enfin…, modéra Thomas. Elle a quand même essayé de vous supprimer, non ?

Cyrano, sous le charme, avait simplement haussé les épaules.

— Si la rose est joyau, les ronces son écrin,

» Pour cueillir cette fleur, on se pique, je le crains.

Alexandra, Thomas et Yun-Lin avaient dû conjuguer leurs efforts, pour faire taire la verve poétique du bretteur.

Heureusement, celui-ci finit par comprendre que le public du 48 *bis*, rue des Trois-Frères ne se trouvait, en ce jour, guère réceptif à ses alexandrins.

— Des affaires pressantes semblent vous tracasser.

» Le message est bien clair : vous en avez assez,

» Assez de mes poèmes, je cède donc la place.

» Ma présence ne fut qu'un déploiement fugace.

» Une ombre à peine née, déjà évanouie.

» Un nuage chassé par un souffle insoumis.

» J'espère une autre fois demeurer plus longtemps,

» Car je puis vous aider beaucoup mieux, je le sens !

Au terme de cette dernière tirade, Cyrano s'occulta le regard de la main droite. Puis, d'un geste sec, il arracha son propre visage. Dans un éclat bleuté, Soryan Nesh retrouva un nez aux plus habituelles proportions.

Yun-Lin profita de cette transformation pour vérifier les fonctions vitales de son patient. Une main sur la tache persistante qui lui maculait le torse, l'autre mesurant son pouls, elle demanda :

— Comment vous sentez-vous, Soryan ?

— Comme revenu d'un voyage aux confins de notre galaxie. De toutes les expériences de mort imminente que j'ai connues, celle-ci était de loin la plus… cosmique. Mais sinon ça va, merci.

Thomas tiqua.

— Ah ! parce que vous avez pour habitude de vous approcher un peu trop près de la Faucheuse, comme ça ?

— Franchement, ça t'étonne, Tom ? l'interrogea Alex qui, après ce court temps de repos, avait retrouvé son habituel sourire. Quoi qu'il en soit, Soryan, on peut dire que vous nous avez flanqué une sacrée frousse… Allez, vous n'échapperez pas au câlin !

L'adolescente se jeta au cou de son employeur, qui affecta une grimace.

— Grumph… On est vraiment obligés de passer par là ?

— Doucement, les effusions, tempéra Yun-Lin. Je vous rappelle que votre boss vient tout juste de revenir de très, très loin. Et puis, il n'est pas encore guéri.

Une série de tests plus tard, le médecin dressa son bilan. La tache s'imprimait toujours du thorax jusqu'à la naissance des épaules. Elle avait cessé de s'étendre, une simple chemise suffisait à la cacher. On eût dit une vaste ecchymose, mais rien qui ne ressemblait à une maladie connue. Aussi Yun-Lin, malgré ses capacités étonnantes et diverses, ne sut-elle proposer aucun remède à cet étrange mal, en suspens pour le moment. Si Soryan Nesh paraissait tiré d'affaire, la menace persistait.

Alexandra, moins érudite mais plus intuitive, évoqua « une magie sombre, extrêmement puissante, capable d'arracher la vie de Soryan d'un claquement de doigts ». De quoi faire frissonner l'Indien, déjà peu rassuré sur son avenir immédiat.

Chacun fit semblant de ne pas avoir vu le bras couleur charbon de Soryan Nesh, tandis que Yun-Lin reconstituait son long pansement. Celle-ci éluda toutes les inévitables questions des deux adolescents à son égard, prétendant n'être qu'une « vieille amie de Soryan, toujours prête à veiller sur lui en cas d'urgence ».

— La véritable énigme, c'est cette Espagnole, annonça l'étrange médecin, pour détourner l'attention. Inès Murillo… Vous m'en avez déjà parlé, n'est-ce pas, Soryan ?

— Bon, alors, vous nous crachez le morceau ? s'impatienta Thomas, en revenant vers son patron. Pourquoi cette fille a voulu vous tuer ?

Ce n'est qu'une fois assis, habillé, savamment redécoiffé, calé dans un fauteuil et libéré des instruments médicaux, que Soryan Nesh, un thé chaud à la main, daigna répondre aux attentes de son assistant.

— Cela remonte à quelques années… Quatre ans, tout au plus. En ce temps-là, je sillonnais un peu les routes, je voyageais beaucoup… Je ne possédais que quelques masques et Inès m'a accompagné un bout de chemin. C'est pour cela que Cyrano la connaît.

— Cyrano, qui en pince grave pour cette Espagnole, souligna Alex, malicieuse. C'est votre cas aussi ou bien… ?

Soryan balaya l'air d'un revers de main.

— Je te vois venir, toi ! Quand je deviens Cyrano, je suis un peu lui. Mais cela ne veut pas dire que nous partageons les mêmes sentiments. Et puis, je pense surtout qu'il la trouve jolie. Comme devait l'être la défunte Roxane, rien de plus.

— Mais oui, mais oui, on va vous croire, sourit-elle. En tout cas, pas besoin d'être spirite pour savoir que ça s'est mal terminé entre vous deux.

— Alors ça, tu peux le dire, avoua Soryan en se grattant la nuque, l'air gêné. Et euh… en fait, je dois bien vous avouer… que c'est un peu, complètement ma faute.

— Non ! s'exclama Alexandra, railleuse. Franchement, qui l'eût cru ?

Soryan Nesh ignora la moquerie et campa le décor.

Quatre années auparavant, Inès et lui effectuaient un voyage dans les Alpes italiennes, du côté de la cité de Varèse. Dans une masure abandonnée, à flanc de montagne, ils avaient récupéré un vieil objet d'une importance capitale pour l'enquêteur. Il s'agissait d'un petit violon, qui allait lui permettre d'incarner un chanteur d'opéra ayant joui, de son vivant, d'une certaine célébrité.

— Cela faisait un moment que je me trouvais sur les traces de ce chanteur… un certain Carlo Balzani. Inès et moi avions visité plusieurs endroits où il avait supposément vécu, ou tout du moins séjourné. En ne mettant jamais la main sur l'une de ses anciennes possessions… Et là, miracle : j'ai déniché cet instrument, qui, par la suite, s'avérerait très efficace et deviendrait le résident du compartiment n° 7 de ma mallette.

Sous les yeux de ses assistants, il produisit le violon, de taille très modeste, et désormais couvert de runes.

— Tiens ! C'est l'une des mille questions que je me pose, intervint Thomas. Ces objets que vous avez amassés… Il faut qu'ils aient appartenu à la personne que vous souhaitez incarner ? Comme ce… Carlo Balzani – complètement inconnu au bataillon, d'ailleurs !

Soryan se contenta de hocher la tête, geste qui réjouit Tom comme Alex. Car les deux adolescents étaient avides d'informations secrètes que l'Indien, malicieux, ne leur dispensait qu'au compte-gouttes.

— Bref, reprit Soryan. Nous voilà tous les deux en montagne, Inès et moi… Il fait un temps absolument épouvantable. De gros nuages noirs couvrent le ciel, le vent se met à gronder, une neige piquante fouette nos visages. En quelques secondes, des bourrasques comme je n'en avais jamais connu s'engouffrent entre les monts, nous arrachant presque de terre. Moins de trois minutes plus tard, nous voilà en pleine tempête, quasi aveuglés par les rafales de neige, désespérément à la recherche d'un abri.

Les deux adolescents, captivés par le récit, s'étaient imperceptiblement mis à trembler de froid.

— À cet instant, poursuivit Soryan, Inès et moi nous trouvons au sommet d'un petit mont, au faîte d'un sentier escarpé, fouettés par la bise… Soudain, une trombe blanche s'abat sur nous ! Nous voilà déséquilibrés. Je pose un genou à terre, manque de plonger dans le vide. Je perds une bretelle de ma mallette dorsale, qui s'affaisse sur le sol. Dans cette mallette, les précieux objets qui se trouvent en ma possession et qui me permettent d'incarner mes premières célébrités. La mallette glisse, telle une petite luge. Je tente de la rattraper, mais rate mon coup… Dans le même instant, Inès Murillo chute sur l'autre versant du mont. Elle perd l'équilibre, roule sur elle-même. *In extremis,* elle s'accroche à une racine d'arbre pour éviter un plongeon fatal. Sa prise est mauvaise, la racine s'apprête à céder. Elle m'appelle à l'aide. Mais ma mallette-luge semble se diriger elle aussi vers le fin fond de la vallée, lentement mais sûrement.

— Oh, non ! déplora Alex. Je crois que j'ai deviné la suite…

Soryan Nesh haussa les épaules. Il les garda contractées, comme s'il s'excusait à l'avance.

— Si je ne m'étais pas rué vers la mallette, je la perdais à coup sûr dans la neige, ou fracassée contre un roc. Et il y avait de véritables trésors, là-dedans...

— Rôôôôh non, commenta Thomas. Vous avez choisi la mallette plutôt que votre copine ?

Yun-Lin, navrée, porta la main à son front et soupira. Soryan poursuivit.

— J'ai demandé à Inès de tenir bon. Elle m'a lancé quelques insultes en espagnol, puis je me suis éloigné. Je me suis jeté vers la mallette, ai dévalé quelques mètres, l'ai rattrapée *in extremis*, avant qu'elle ne disparaisse pour toujours dans la tempête. Une fois la mallette sécurisée, j'ai remonté la pente malgré les éléments déchaînés. Cela m'a pris de trop longues minutes. Malheureusement, lorsque j'ai atteint de nouveau le sommet du mont, Inès n'était plus là.

— Ah, ben ça, je m'en doutais ! gronda Alex. Vous l'avez cherchée, au moins ?

— Évidemment ! Pour quelle espèce de monstre me prends-tu ?

— Pour celle qui choisit une mallette aux trésors, plutôt qu'une vie humaine.

Soryan Nesh ignora la remarque et poursuivit son récit. Ce jour-là, il ne trouva pas Inès. Les jours suivants non plus, d'ailleurs. Il la crut morte, dénicha la trace de ses parents. L'opération ne s'avéra pas bien difficile : la famille Murillo était riche et localement connue. Ses courtes recherches l'amenèrent dans un petit village des environs de San Sebastián, dans le nord du Pays basque espagnol. Discrètement, il s'approcha du domaine de la famille Murillo. Pour y découvrir une Inès en convalescence, mais bien vivante.

— Plutôt qu'affronter la colère d'Inès, franchement, j'ai préféré décamper. Après tout, elle était saine et sauve, et l'affaire me semblait close… Vous n'auriez pas agi autrement, si ?

Le silence atterré des trois personnes en face de Soryan Nesh était, en cet instant, la plus parlante des réponses.

CHAPITRE 5

À VOS MARQUES...

Selon Yun-Lin, il n'existait aucun remède miracle contre la précaire condition de Soryan. S'il se trouvait effectivement frappé par une malédiction, une seule personne pouvait la lever : celle qui l'avait abattue sur lui. Il fallait donc retrouver la trace d'Inès. Cela commençait logiquement par la maison familiale des Murillo, du côté de San Sebastián, dans le nord de l'Espagne.

Pour se rendre là-bas, Soryan, Alex et Tom prirent l'avion qui atterrissait à Biarritz.

— Voilà qui ne va pas arranger nos finances, grimaça Alex. Mais on ne va pas lésiner sur le prix, avec votre survie dans la balance, Soryan ! Et puis, Yun-Lin comme moi pensons que votre état peut s'aggraver à tout moment.

L'énigmatique médecin leur avait confié une mallette réfrigérée, avec quelques doses de « Nesh Spécial ». Alexandra ne se trouvant pas très à l'aise avec les aiguilles, c'est à Thomas qu'avait échoué le soin de soigner le détective. Habitué à traiter occasionnellement le diabète de sa mère par piqûre d'insuline, l'opération ne gênait pas le jeune homme outre mesure. Ensuite, Yun-Lin les avaient quittés, sans donner davantage d'instructions.

— Vous avez toujours mon numéro de téléphone, en cas de pépin.

À l'aéroport, Soryan éprouva la plus grande difficulté à se séparer, même l'espace d'une heure, de son imposante collection d'antiquités. Par tous les moyens, il tenta de faire passer sa volumineuse mallette comme bagage à main. En pure perte. La mort dans l'âme, il mit donc sa précieuse collection en soute.

Une fois dans l'avion, les deux adolescents bombardèrent Soryan de questions, évidemment sans aucun résultat.

— Mais d'où elle sort, au fait, cette Yun-Lin ?

— Vous la connaissez depuis longtemps ?

— Comment ça se fait qu'elle soit au courant, pour vos autres visages ? Vous avez sillonné les routes avec elle aussi ?

— Elle est quoi au juste ? Magicienne, ou médecin ?

Plutôt que leur répondre, Soryan avait feint une surdité passagère. Il se contentait de chantonner quelques airs de Bollywood, ses écouteurs plantés dans les oreilles.

— Arrêtez un peu, on sait très bien que vous nous entendez, s'était agacée Alex, en soulevant l'un des écouteurs. Vous ne nous avez quasiment rien dit non plus sur votre relation avec Inès !

— Allons, vous savez l'essentiel ! Je ne vais tout de même pas vous étaler ma vie privée en long et en large ! Si j'enlève d'un coup, d'un seul cette belle aura de mystère que j'ai mis plusieurs années à me bâtir, quel charme me restera-t-il, je vous le demande ?

Les adolescents protestèrent encore. Alors Soryan, d'un coup, porta la main au torse.

— Oh la la ! je ne me sens pas bien du tout, ouille aïe aïe... Non, non, pas la peine d'y aller d'une nouvelle dose de « Nesh Spécial ». Laissez-moi juste respirer. N'oubliez pas que vous vous adressez à un mort en sursis, frappé par une mystérieuse et mortelle malédiction. J'ai besoin d'un petit moment calme, veuillez donc respecter mes sans doute dernières volontés.

Il installa vivement son fauteuil en position allongée, se tourna vers la fenêtre, et ferma les yeux.

Sa prestation n'avait guère convaincu ses assistants. Pourtant, de guerre lasse, ils n'insistèrent pas. Depuis plusieurs semaines, ils tentaient de percer ensemble tous les secrets de leur employeur. Mais l'un comme l'autre commençaient à deviner qu'il leur faudrait probablement plusieurs années de recherches, avant de peler cet oignon aux cent et une couches.

Durant l'année et demie passée seule aux côtés de Soryan, Alexandra prétendait ne rien avoir découvert du passé de l'Indien, ou presque. Ses jeunes années et l'origine de ses artefacts étaient telle sa mallette : cadenassées, protégées par un code, férocement gardées.

Aux yeux de Thomas, ce goût prononcé du mystère paraissait d'ailleurs contagieux : la belle Alexandra restait avare en informations sur elle-même. Toujours concentrée sur les affaires en cours, elle n'évoquait jamais ses parents, éludait toutes les questions personnelles, et détournait souvent la conversation sur le vaste sujet Soryan Nesh.

En mettant bout à bout quelques fragments de conversation, Thomas avait cru comprendre qu'elle s'était fâchée avec ses parents, et qu'elle avait trouvé refuge depuis chez Soryan. Au bout d'un moment, Thomas n'avait pas insisté. D'expérience, et même si lui-même ne vivait pas ce genre de problèmes, il savait que les histoires de famille pouvaient se révéler pénibles, et très compliquées.

Pas question, en revanche, d'abandonner ses recherches sur les nombreux visages de Soryan. D'autant que sur ce thème, Alexandra paraissait tout aussi curieuse que lui.

Si seulement ce diable d'Indien ne se montrait pas aussi efficace pour effacer toute trace et pour brouiller les pistes !…

Le voyage en avion se passa sans autre histoire que les ronflements de Soryan et une météo de saison. Un bus les mena jusque San Sebastian, sous un soleil souverain, qui brûlait tout le nord de l'Espagne. Cette âpre chaleur accompagna les trois enquêteurs jusqu'à l'hôtel, pour s'abattre de nouveau sur eux dès le lendemain matin, lorsqu'ils approchèrent de la vaste propriété de la famille Murillo.

Nul besoin de se cacher : dès leur approche, les grilles de la propriété s'ouvrirent, les invitant clairement à entrer.

Au milieu d'un parc aménagé, plantée au milieu d'hectares de jardins magnifiquement entretenus, se dessina la blanche bâtisse surplombée de tuiles. On eût dit plusieurs maisons collées entre elles, un petit village réuni par un dédale de galeries et de terrasses. Les bâtiments les plus imposants donnaient naissance à une douzaine d'annexes à la fois légèrement isolées et immédiatement accessibles, bordées de lauriers roses, de palmiers et de grevilleas.

Une petite armée de jardiniers salua les nouveaux venus, tandis qu'ils empruntaient le sentier menant au centre de l'édifice tentaculaire. Une entière allée bordée de perruches et de canaris en cages piailla atrocement au passage du trio en général, et de Thomas en particulier. L'adolescent, en effet, avait toujours insupporté les animaux au plus haut point, qu'ils fussent à poils, écailles ou plumes. Les cris perçants et les jérémiades des volatiles battant frénétiquement des ailes n'étonnèrent donc ni Alex ni Soryan Nesh, habitués désormais à ces réactions hostiles et sonores.

— Au moins, nous voilà annoncés, s'excusa Thomas dans un sourire crispé.

Sur le seuil de l'une des masures principales, sous une voûte ornée de fleurs, les attendait nonchalamment Inès Murillo, en déshabillé de dentelle noire et talons hauts, un verre d'alcool fort à la main. Sur les bords de Seine, deux jours auparavant, Thomas ne s'était pas rendu compte à quel point l'Espagnole était jolie. Sans un mot, Soryan s'avança vers elle.

— Alors, *señor* détective, cette piste-là n'a pas été trop délicate à remonter ? Vos capacités n'ont pas été trop malmenées, pour me débusquer jusque chez moi ?

— J'ai dû faire face à un léger contretemps, indiqua Soryan à Inès. Mais rien qu'un peu de débrouillardise n'ait su régler…

Elle planta son regard droit dans le sien, et s'approcha très près de lui, presque jusqu'à lui toucher la peau, pour lui murmurer :

— Les mauvaises herbes ont toujours eu la vie dure. Je me doutais bien que tu survivrais.

Soryan Nesh affecta un demi-sourire.

— Un joli cadeau que tu m'as refilé… Tu as mis quatre années entières pour échafauder cette vengeance ? Et pourquoi as-tu insinué que nous nous dirigions ensemble vers le même tombeau ?

Inès sourit à son tour.

— Pour tout savoir, il te suffit maintenant de me suivre, *cariño*.

Elle effectua une volte-face et, d'une démarche chaloupée, disparut dans le vestibule. Alexandra considéra alternativement le postérieur en mouvement d'Inès et l'air bovin de Thomas à ses côtés.

— Pfff, je n'aime vraiment pas son genre, gronda l'adolescente, agacée. Non mais, pour qui se prend-elle ?

— Pour l'une des plus grosses fortunes d'Espagne, répondit simplement Soryan, avant d'avertir ses assistants, d'une voix de conspirateur. Méfiez-vous de cette fille. Pour l'heure, nous avons tous très exactement agi comme elle souhaitait que nous le fassions… Elle respire la magie. Et je la connais suffisamment pour vous assurer qu'elle ne possède pas son pareil pour ensorceler les gens.

— Non, sans blague ! s'exclama Alex, en désignant Thomas du coin de l'œil.

— Hein ? Quoi ? Z'êtes sûr ? demanda l'adolescent, qui ne pouvait cesser de fixer l'endroit précis où Inès avait disparu. Vous voulez dire que c'est une spirite, tout comme Alex ?

— Non, signifia Soryan Nesh, catégorique. Notre

Alexandra est une spirite. Mais cette fille-là... c'est une sorcière.

Visiblement ennuyé, il s'ébouriffa les cheveux. Puis il se décida à suivre la brunette, en pénétrant dans l'imposant vestibule.

Les murs de crépi blanc, parés de tableaux modernes, paraissaient s'élargir à chaque pas, pour déboucher sur une immense salle circulaire, véritable débauche de tentures brodées, tapis épais, canapés en sycomore et méridiennes en acajou, issus du XIXe siècle. Quelque part au milieu de cet océan de luxe trônait Inès, nonchalamment installée sur une méridienne, les jambes allongées. À ses côtés se tenaient une femme et deux hommes, tout aussi bruns qu'elle. Nul besoin d'être physionomiste pour deviner qu'il s'agissait des frères et de la sœur d'Inès. Car tous possédaient à peu près la même taille, les mêmes attitudes, et le même nez fin, légèrement arrondi.

— Mon cher Soryan, voici celle et ceux que tu as failli priver de benjamine, il y a quatre ans... Je te présente Marisol, Carlos, et Borja.

— Mmmh, ravi de savoir que toute la famille est au courant, murmura Soryan Nesh, dans un sourire forcé. *Hola, que tal* ?

De sa main bandée, il salua les trois autres individus. Marisol Murillo, la sœur aînée d'Inès, une dame extrêmement maigre, à la coupe de cheveux sophistiquée, aux yeux cernés, toisa l'Indien tout en jouant avec les perles de son long collier. Les deux frères que l'on devinait jumeaux, déjà chauves malgré leur trentaine à peine entamée, réagirent de façon diamétralement opposée. Carlos, le plus musclé d'entre eux, croisa les bras, et maugréa quelque chose d'incompréhensible dans sa sévère moustache en forme de fer à cheval. Borja, à la drôle de moustache en guidon de vélo, un peu plus empâté, et beaucoup plus jovial, tendit quant à lui une main presque amicale en direction de Soryan.

— Ha ha ! s'esclaffa-t-il. On ne peut pas dire qu'Inès ait vanté votre personne en des termes très élogieux. Mais quelle femme le ferait, lorsqu'on lui préfère une collection de breloques sur le point de se carapater ?

Tout comme Inès, Borja s'exprimait dans un français absolument impeccable : trait d'éducation commun à tous les membres de la famille. Soryan Nesh serra cette seule main tendue.

— Si je vous dis que dans la tempête de neige, j'ai en réalité confondu votre sœur avec mon imposante mallette, vous me pardonnez tous, ou j'aggrave mon cas ?

— Ha ha ! réagit Borja, de sa voix tonitruante. Vous me plaisez bien, *señor* Nesh. Quelqu'un qui sait faire preuve d'humour en toutes circonstances ne peut être, à mes yeux, un type complètement mauvais.

— Mouaif, grogna son frère. J'avoue que, s'il plaisante encore, tandis que je lui brise un ou deux bras, je partagerai peut-être ton avis. On essaie ?

S'avançant vers Soryan, Carlos fit craquer ses phalanges.

Thomas comme Alex, qui jusque-là s'étaient tenus en retrait, se crispèrent un peu à l'idée d'un affrontement. Avec ses muscles saillants et sa carrure de lutteur, Carlos Murillo paraissait pouvoir mettre Soryan au tapis, d'une pichenette. Mais c'était mal connaître l'acrobate indien que de le penser incapable de tenir tête à ce genre de brute : pas même besoin d'un masque pour cela !

Marisol se tourna vers Inès, pour immédiatement désamorcer la situation.

— Bon, *cariño hermana*, on laisse à notre primate préféré le soin de laver ton honneur dans le sang, ou bien on agit en adultes, et nous révélons à ce type la véritable raison de sa présence ici ?

— Carlos ! intervint aussitôt Inès. Laisse Soryan tranquille... Surtout qu'il t'aurait très certainement flanqué par terre, sans même que tu t'en rendes compte.

— Hein ?! s'exclama Carlos, le poing en suspension, à quelques centimètres du nez de Soryan. Ce fétu de paille ?

Dans les secondes qui suivirent, le moustachu ne comprit pas ce qu'il lui arriva. Ses jambes se dérobèrent sous lui, son corps ploya comme sous l'effet d'un ouragan, et bientôt il se trouva plaqué au sol, face contre terre, les deux bras tordus en arrière, dans une position aussi douloureuse qu'inconfortable.

— Ha ha ha ! commenta Borja Murillo. Je crois que le fétu de paille t'a gentiment fauché, *hermano* !

Carlos eût bien voulu répondre, mais le pied de Soryan Nesh, appuyé sur sa nuque, maintenait sa bouche tout contre la laine du tapis. Aussi se contenta-t-il de borborygmes furieux et de mouvements saccadés qui ne l'aidèrent aucunement à se libérer de l'emprise de son adversaire.

— Je vous conseillerais de ne plus bouger, lui signifia l'Indien, décontracté. Sinon, j'ai bien peur que ce soient vos bras à vous, qui finissent par se briser.

Alex et Tom échangèrent un regard entendu, Borja

s'esclaffa de plus belle, et Marisol soupira :

— Plutôt que jouer à qui peut manger l'autre, si l'on en venait au cœur de notre sujet, Inès ?

— Ah oui tiens, releva Soryan, j'aimerais assez savoir ce que vous attendez de moi, maintenant qu'Inès m'a offert ce très joli cadeau contagieux, qui a bien failli être le tout dernier.

— Eh bien ce cadeau… Nous l'avons tous reçu ici, dit Inès.

Sans cérémonie, elle ouvrit son déshabillé noir, découvrant, au niveau de son décolleté, une large tache sombre, plus étendue que celle de Soryan. Dans un même mouvement, Marisol et Borja l'imitèrent, révélant la même trace.

— Et notre impétueux Carlos, si vous le relâchez un jour, vous révélera ce même tatouage, indiqua Marisol.

— Grumph, ajouta Carlos.

Soryan Nesh fronça les sourcils.

— Donc, si j'ai bien saisi, nous voilà tous condamnés à mourir sous peu, victimes du même mal. Quelle touchante attention d'avoir voulu partager cette expérience avec moi ! Et je peux savoir d'où provient cette malédiction ? Qu'est-ce qui nous prouve que ce n'est pas uniquement un très vilain champignon, d'ailleurs ?

— Si nous connaissions déjà sa provenance, sourit Borja, vous ne seriez pas parmi nous aujourd'hui, *amigo.* Ce… truc nous est tombé dessus un beau matin, sans prévenir. Et nous a causé, depuis, quelques vilains désagréments. Nous allons devoir vous expliquer tout cela…

Inès se leva et plaça les mains sur les hanches.

À VOS MARQUES...

— Je ne suis pas assez furieuse contre toi pour me trouver totalement aveugle à ta valeur… Ce problème dépasse la simple médecine et ne relève pas non plus des forces de police. Quant aux médiums que nous avons contactés, ils n'y comprennent rien du tout !… Si quelqu'un peut déceler la source de cette affliction, et surtout y mettre un terme, c'est bien toi, Soryan Nesh ! Alors dis-moi… As-tu toi aussi rêvé de cette planète vivante, à l'œil sombre et aux multiples bouches, soudain prête à te dévorer ?

CHAPITRE 6

La malédiction Murillo

Alexandra souffla les bougies et effaça le cercle de craie qu'elle venait de tracer. Puis elle se tourna vers Marisol, Borja, Carlos et Inès Murillo qui s'étaient postés, assis en tailleur, à l'intérieur du cercle.

— Je vous confirme ce que vous soupçonniez déjà : une magie d'une extrême noirceur se trouve à l'origine du mal qui vous ronge. Vous parlez de « malédiction ». C'est également le terme que j'emploierais, au sens qu'il s'agit d'une condamnation au malheur, lancée sur vous par une force obscure. En clair : il y a comme un nuage noir qui plane sur vos têtes. Ce n'est pas une maladie, ce n'est pas un virus : plutôt un marqueur sombre, qui peut à tout instant mettre brutalement fin à votre vie.

— Je m'y entends en sortilèges, alors tout cela, je l'avais déjà décelé, souligna dédaigneusement Inès, d'un mouvement de menton. Et puis, d'autres médiums avant vous nous ont plus ou moins tenu le même discours… Si vous pouviez plutôt m'apprendre quelque chose de neuf, par exemple d'où provient ce mal, et comment le combattre, cela nous avancerait grandement !

Malheureusement, la jeune spirite était bien incapable d'en révéler davantage.

— La magie impliquée est trop lointaine, trop ancienne… C'est comme lire un livre écrit dans une langue inconnue, en pleine obscurité.

— Alors, il nous faudra utiliser les bonnes vieilles méthodes, conclut Soryan. Celles de l'investigation !

Le détective bombarda les deux frères et les deux sœurs de questions. Un beau jour, tous quatre s'étaient éveillés avec la même marque, et ce malgré les centaines de kilomètres de distance qui alors les séparaient. Ayant chacun consulté plusieurs médecins déboussolés, ils avaient fini par se réunir dans la grande propriété familiale, héritée de leurs défunts parents.

Marisol l'architecte, Carlos l'industriel, Borja le journaliste, et Inès la modiste s'étaient retrouvés pour faire le point, comparer leur marque, et analyser leurs cauchemars. Car tous avaient eu cette même vision d'un globe sombre aux multiples bouches, créature improbable descendue de la nuit, venue les tourmenter en rêve. Ils s'étaient tous réveillés, glacés de sueur, transis d'effroi, avec la certitude absolue que l'univers allait soudain s'étendre, se tordre et se répandre, pour les engloutir dans son immensité.

Mais ce cauchemar n'était que le début de leurs tourments. Selon leurs dires, chacun avait depuis failli passer l'arme à gauche. Dès le lendemain, Carlos manqua de peu le crash en empruntant un avion dont le réacteur s'était enflammé. Borja, allergique aux piqûres de guêpes, avait été poursuivi par un essaim sorti de nulle part. D'extrême justesse, Inès avait évité le feu nourri d'un groupe de braconniers, confus lorsqu'ils l'avaient enfin aperçue entre eux et un mouflon. Quant à Marisol, elle prétendait que la foudre s'était abattue à ses pieds, une dizaine de fois de suite, alors qu'elle bouquinait tranquillement dans le jardin.

— Je ne pouvais pas effectuer deux mètres que la terre se trouvait de nouveau martelée par le ciel ! se souvint-elle, en triturant nerveusement son collier de perles. J'ai cru devenir timbrée… Si j'en ai réchappé, c'est parce que j'ai couru comme une folle furieuse, en zigzag !

La malédiction paraissait se jouer d'eux : ces menaces mortelles, jamais ne s'étaient conclues par un décès.

Pas encore…

Soryan chercha l'origine possible de ce tourment étrange, commun à tous ces membres de la même famille. Avaient-ils par inadvertance éveillé une entité endormie dans la glace, lors d'une expédition aux confins du pôle Nord ? Pillé la tombe d'un vénérable roi protégé par un antique sortilège ? Profané un temple précolombien dédié à une divinité sombre ? Leurs parents avaient-ils croisé le funeste chemin de quelque fée cruelle ? Avaient-ils insulté un spectre revanchard et puissant ? Peut-être torturé un nécromant résolu ensuite à dynamiter leur lignée ?

Rien de tout cela, selon les quatre héritiers Murillo.

— Soyons pragmatiques, alors, proposa Soryan Nesh. Parce qu'aussi étranges que puissent vous paraître certains phénomènes, il ne faut jamais occulter la dimension très humaine et les motivations souvent terre à terre d'un de vos ennemis. Vous êtes très riches, tous les quatre. Vos parents, avant de disparaître, vous ont légué un bel empire… À qui profiterait votre disparition ?

— Eh bien ! pour cela, vous avez l'embarras du choix, indiqua Borja. Groupes industriels concurrents, ex-collaborateurs licenciés, anciens conjoints éconduits… Faites votre choix, la liste est presque aussi longue que la population de San Sebastián.

Les mains jointes, index relevés et posés sur les lèvres, Soryan Nesh réfléchissait.

— En ce qui concerne la mésaventure en avion et le groupe de braconniers, nous pouvons vérifier qu'il ne s'agit pas d'un sabotage ou d'individus simplement envoyés pour vous supprimer, en feignant l'accident…

— Vous ne croyez pas à la malédiction ? demanda Marisol.

— Je souhaite juste ne pas me laisser aveugler par un tour de passe-passe, aussi impressionnant soit-il… En d'autres termes, lorsqu'un prestidigitateur attire notre attention avec un mouvement de poignet, j'essaie de ne jamais quitter du regard son autre main.

— Mmmh, je ne vous aime pas beaucoup, mais ce que vous dites est loin d'être bête, fut obligé d'admettre l'impétueux Carlos.

— Déjà, si vous pouviez me dresser une liste des personnes les plus véhémentes à votre encontre, cela nous donnerait une première base de travail… Bien entendu, je vais également enquêter de mon côté, et déterminer qui de vos opposants fréquentent les sphères de l'occulte… Peut-être connaissez-vous déjà quelques ennemis qui répondent à ces deux critères ?

Pour dresser une première liste de suspects, la famille

Murillo lui demanda quelques heures de réflexion. Soryan Nesh parla honoraires. Borja Murillo lui assura qu'ils sauraient se montrer généreux. Surtout envers celui qui parviendrait à les libérer de l'obscure et terrifiante menace qui planait sur eux.

— Nous avons déjà engagé d'autres personnes, sans aucun résultat, intervint Carlos en grommelant. 'Pour ça que je vous flanque pas la raclée que vous méritez : on a besoin de vous !

Visiblement, le plus musculeux des frères avait ravalé sa fierté pour servir la survie de sa famille. Mais ses yeux hostiles trahissaient trop son immense envie de prendre physiquement sa revanche sur Soryan. L'Indien connaissait bien ce regard, pour l'avoir rencontré de nombreuses fois au cours de son adolescence. Carlos était cette sorte de brute épaisse qui avait toujours cherché à écraser les plus faibles. C'était en partie pour clouer le bec à ce genre de type que Soryan était devenu acrobate.

— En m'infectant, vous vous êtes assurés que je ne vous ferais pas faux bond, résuma Soryan. Si cette façon de traiter vos affaires est votre marque de fabrique, pas étonnant d'être ainsi détesté de tous… Désolé, mais ce n'est pas très malin… Parce que si je meurs durant l'enquête, vous devrez repartir de zéro !

— Cette étrange idée de recrutement vient de notre sœur, se dédouana Borja. Tous, ici, nous aurions agi autrement… Mais une femme blessée est bien plus imprévisible que n'importe qui !

— Nous ne procédons ainsi qu'avec ceux qui ont pu nous nuire, ou nous décevoir, répondit aussitôt Inès, trop heureuse de se montrer piquante. Cela te permet ainsi de te sentir *vraiment impliqué* dans quelque chose, pour une fois.

Bien entendu, la sorcière ne voulut pas révéler à Soryan Nesh comment elle était parvenue à dupliquer la malédiction. Car il ne s'agissait pas d'un simple contact physique.

De son propre aveu, le fait que Soryan n'y ait pas immédiatement succombé avait servi de test de recrutement.

— Tu aurais pu y rester, mais étrangement, j'étais prête à courir ce risque, sourit-elle, avant de vider son verre d'alcool d'un trait.

— OK, ça, c'était amplement mérité, toussa Alex, à qui Soryan lança un regard assassin.

⋆

Soryan Nesh et ses assistants venaient de quitter la luxueuse propriété. L'entrevue s'était intégralement déroulée en français. Pour les quatre enfants Murillo, il s'agissait d'une seconde peau. Ainsi en avait-il été décidé par leurs parents, dès leur très jeune enfance. Leur situation géographique, près de la frontière, exigeait cette parfaite connaissance, pour le bien des affaires familiales.

Même s'il avait tout suivi, Thomas n'avait quasiment pipé mot. Ce qui ne l'avait guère empêché de pianoter sur son téléphone portable, pour récolter quelques informations.

— Pendant que vous discutiez, j'ai épluché les articles de presse qui parlaient de l'empire Murillo. La plupart étaient en espagnol. Je pense en avoir compris l'essentiel…

Homme et femme d'affaires implacables, le couple Murillo avait fait fortune dans l'industrie automobile, trente ans plus tôt. Couronnés de succès, ils avaient étendu leurs activités aux médias, à la mode, à la construction immobilière. Autant de domaines qui, à la mort des parents, avaient ensuite été partagés entre leurs enfants, lesquels s'y illustraient avec plus ou moins d'implication. Car si Marisol et Carlos mettaient un point d'honneur à faire fructifier l'empire familial, il arrivait souvent à Borja et Inès de déléguer leurs responsabilités, pour s'adonner aux activités qu'ils préféraient.

— Et ce que je t'ai demandé de chercher, demanda Soryan. Quelques progrès ?

— Oui. Vous m'en aviez parlé à l'hôtel, et vous aviez raison : il existe bien un cinquième enfant Murillo. Un autre frère. Il arrive juste après Marisol. Il est le frère aîné des jumeaux, et possède huit ans de différence avec Inès. Il se nomme Armando. Apparemment, il réside à une trentaine de kilomètres d'ici.

— Ah, voilà… Le reste de la famille est fâché avec lui, il me semble.

Thomas opina.

— Cela fait plusieurs années qu'il a tourné le dos à ses frères et sœurs, et à leurs affaires. Visiblement, il ne s'est jamais entendu avec ses parents, ni avec leur politique euh… expansionniste. Pourtant, ça ne l'empêche pas de profiter d'une bonne partie des revenus générés par l'empire Murillo.

— Mmmh, on peut toujours aller rendre visite au renégat de la famille pour commencer, proposa Soryan.

Surtout que, si mes souvenirs sont corrects, cet Armando possède un hobby extrêmement intéressant.

— Ah oui ? demanda Alex. Lequel ?

— Armando est un collectionneur d'antiquités, expliqua Thomas. Il y a quelques années, on l'a vu fréquenter les salles de ventes aux enchères et rafler quelques belles pièces. Dont certaines aux vertus prétendument magiques…

— Et s'il avait mis la main sur un trésor maudit, comme celui de Toutânkhamon ? proposa Alex.

À cette évocation, le regard bleu azur de Soryan Nesh s'illumina.

— Si Armando déteste le reste de sa famille, il peut très bien leur avoir infligé lui-même et très volontairement cette malédiction, suggéra-t-il.

— Ses frères et ses sœurs connaissaient forcément ce hobby, remarqua Alex, sourcils froncés. Pourquoi ne nous ont-ils pas immédiatement aiguillés vers Armando ?

Soryan secoua la tête.

— Parfois, l'idée qu'un membre de sa propre famille puisse être animé de pulsions meurtrières est tout bonnement inadmissible, et bien trop perturbant. Alors, au lieu de regarder la vérité juste sous son nez, on s'empresse de fouiller partout ailleurs. Extérieurs à la famille tous les trois, nous n'ignorerons pas cette possibilité…

— En tout cas, ça ne va pas être facile d'aborder ce frère caché, conclut Tom. Armando Murillo se terre au fin fond de son domaine, quelque part en front de mer. Avec quelques domestiques à son service, tout de même. Une sorte de misanthrope de la haute, quoi !… Les quelques journalistes qui ont voulu s'avancer sur sa propriété ont fini les fesses truffées de plomb.

— C'est là que l'on va commencer à s'amuser, promit Soryan. Je vois tout à fait le genre de masque qui peut convenir, face à Armando...

— S'amuser, s'amuser, comme vous y allez ! modéra Alex. Je vous rappelle quand même que grâce à Inès, non seulement vous avez failli ne jamais vous réveiller, mais en plus vous partagez le sort de toute la famille. Vous savoir en constant danger de mort ne vous affecte pas ?

— Eh bien tu sais quoi ? Depuis l'intervention de Yun-Lin, je me sens parfaitement en forme ! Et puis, leurs histoires d'avion en panne, de chasseurs irresponsables, de foudre qui vous poursuit, d'essaims de guêpes... Ne dramatisons pas ! Je ne dis pas qu'il n'existe aucune menace, ni que la malédiction est fictive. Mais, à mon humble avis, il nous faut faire un peu de tri là-dedans. Cette drôle de tache et notre cauchemar commun, ça les a surtout rendus paranos !

Tandis qu'ils avançaient tous trois sur un chemin de terre, Soryan Nesh continua de livrer son analyse de la situation, avec force gestes.

Trois cent trente mètres au-dessus d'eux, au sommet d'une colline pentue, se trouvait un roc qui n'avait pas bougé depuis plusieurs milliers d'années.

Par un caprice du vent, un faucon déporté, qui avait perdu sa route, se posa sur ce roc. Il ne pesait guère plus que tout autre oiseau se perchant à cet endroit précis depuis des siècles, et pourtant, sous son poids minuscule, quelque chose à la base du rocher céda. Dans un silence quasi parfait, le volatile déséquilibré s'envola, alors que le rocher dévalait la colline, de plus en plus vite, en direction d'un sinueux petit sentier, sentier sur lequel évoluaient précisément Soryan Nesh, Alex et Thomas.

Une traînée caillouteuse attira l'attention d'Alex. Elle eut juste le temps de crier « ATTENTION ! » et de pousser Soryan et Tom sur le côté du chemin.

Une demi-seconde plus tard, à l'endroit précis où s'était tenu Soryan, le rocher faucha l'air, et décolla jusqu'à un ravin qui donnait sur la mer.

Dans un « PLOUF », le gros caillou s'abîma dans l'écume blanche, tandis qu'au bord de la falaise, un Indien médusé comprit que, sans l'intervention de son assistante, lui aussi aurait plongé en mer, sans aucun doute sur ces autres rochers qui saillaient de l'onde, et qui lui auraient immanquablement brisé les os.

— OK, bon, d'accord, admit Soryan Nesh en avalant sa salive. À la réflexion, il va peut-être falloir s'activer, pour cette enquête…

CHAPITRE 7

Le masque du masque

— Ding dooooong, tonna la sonnette de l'entrée tandis qu'un doigt résolument scotché au bouton ne cessait de l'activer, elle qui, d'habitude, ne carillonnait plus guère.

— Grummmmblmfff, fit la voix rocailleuse et bourrue de l'habitant incommodé par cet inhabituel vacarme qui ne prétendait pas cesser.

Depuis quelques instants, une épuisante guerre des nerfs s'était engagée entre l'assaillant vissé à la porte d'entrée et le résistant campé dans son très vieux fauteuil, aux mains de plus en plus crispées sur les accoudoirs de velours.

— Grrmmmffmiscoronesmmmrblmdeputamadregrmf!

Au bout de la septième minute de sonnerie ininterrompue, l'occupant de la maison assiégée finit par décoller de son fauteuil, le renversant sous l'impulsion.

Vaincu, fulminant et furibond, il galopa jusqu'au seuil de sa demeure, libéra le verrou, ouvrit la porte à la volée, pour offrir à l'importun son attitude la plus revêche, sa mine la plus inhospitalière, son expression la plus hargneuse, le tout servi par une jolie bordée d'injures et un couteau au poing.

— Foutez-moi le camp *rápido* ou je vous jure *al frente della Virgen Santa* que je vous troue la peau des…

— *Señor* ! *Hola, señor* !… Yé me nomme Raul Sennepi. Un peu italien, un peu français. Européen, surtout !… Aujourd'hui est votre jour de chance, *señor* !

Les cheveux gominés, ramenés en arrière, la peau brune, les lèvres surmontées d'une fine moustache, les yeux d'un bleu vif, l'accent impossible à identifier, la main droite bandée, un œillet au revers de sa veste, et le pied dans l'entrebâillement de la porte, le gêneur le plus entêté du monde offrit à Armando Murillo, en même temps que sa carte, un magnifique sourire tout en blancheur, une ode étincelante à la magie du dentifrice.

— Comment le gardien de ma propriété vous a-t-il laissé entrer ? Vous avez fait le mur, tandis que ce *tarado* était parti picoler ?

Le visiteur le plus souriant du monde rebondit aussitôt sur cette question.

— Voilà très exactement le but de ma visite, *señor* ! Vous pensiez vous trouver en sécurité ? Vous imaginiez que personne ne saurait jamais franchir l'enceinte de votre domaine, pour vous importuner ? Et bim ! Voilà que yé débarque, pour balayer vos certitudes… Vous permettez ?

S'il avait eu son mot à dire, Armando Murillo n'aurait certainement pas permis. Mais le volubile importun, vif comme une anguille, s'était subrepticement glissé dans le vestibule, l'avait désarmé en lui serrant la main, et progressait déjà vers l'un de ses salons en faisant tournoyer le couteau confisqué.

— Hé ! Ho ! Hé !... Rendez-moi mon cout...

Raul Sennepi le coupa net.

— Vous constatez avec quelle totale discrétion yé franchi les grilles de votre domaine, avec quelle déconcertante facilité yé trompé la vigilance de votre gardien, avec quelle insolente aisance yé m'introduis maintenant entre vos murs. Par chance, vous voilà tombé sur un parfait gentleman, qui jamais au grand jamais, n'aurait l'extrême outrecuidance de s'en prendre à vos biens. Ooooh ! mais yé vois que monsieur est collectionneur !

Le propriétaire affolé sur ses talons, Raul Sennepi s'engageait maintenant dans une autre pièce, un salon décoré de dizaines de vitrines. Dans chacune de ces vitrines se trouvaient exposées des antiquités issues de diverses civilisations archaïques : du vase étrusque au masque inca, en passant par l'idole sumérienne, la théière chinoise, la tablette égyptienne ou la mosaïque gallo-romaine. Au-dessus de chacune de ces antiquités était encadrée une photographie du maître des lieux, parfois accompagné d'un ami explorateur.

Raul Sennepi voleta entre ces vitrines, pour clamer haut et fort son admiration envers cette somptueuse collection et ces artistiques photographies. Armando Murillo, qui n'arrivait pas vraiment à en placer une, tenta plusieurs approches : la colère, les menaces, les injures, les supplications. Rien n'y fit : l'intrus le plus résolu du monde poursuivait sa visite enthousiaste, comme si les réactions de son interlocuteur n'étaient rien d'autre qu'un bruit de fond. Alors qu'Armando Murillo, à bout de nerfs, s'apprêtait à se jeter sur lui, Raul Sennepi effectua un preste demi-tour et le pointa du doigt.

— Tout ceci est splendide, vraiment. Et si y'avais été une personne mal intentionnée, qu'est-ce qui m'empêcherait de vous dépouiller de tous ces précieux souvenirs, patiemment amassés au fil des ans, hum ? Fort heureusement pour vous, cher futur client, yé suis tout le contraire d'un voleur : quelqu'un qui est venu vous protéger contre les rapaces de toutes plumes !… Regardez !

Tout à sa rage, Armando oublia le couteau confisqué, d'autant que l'arme paraissait maintenant avoir disparu. De sa veste, Sennepi sortit une tablette numérique. D'un clic, il lui présenta l'animation 3D d'un complexe réseau d'appareils qui parcourait une vaste maison virtuelle.

— Système de sécurité fonctionnant indépendamment de votre réseau électrique. Détecteur de mouvement intelligent. Caméras de surveillance camouflées, avec capteurs infrarouges. Une ligne directe avec le commissariat local. Le tout relié à votre ordinateur, votre tablette, votre téléphone portable… Tenez, yé vous montre !

Raul Sennepi fit mine de s'emparer de l'ordinateur portable d'Armando, posé à proximité. Mais le quarantenaire, jusque-là débordé, parvint tout de même à le prendre de vitesse. Fort de cette manœuvre réussie, il en profita pour postillonner abondamment sur le commercial le plus culotté du monde, à grand renfort d'injures franco-espagnoles. Dans les deux langues, qu'il maîtrisait parfaitement, il fit doublement comprendre à l'horripilant et impertinent représentant qu'il n'était ABSOLUMENT pas intéressé par son boniment, qu'il n'avait NULLEMENT besoin de ce qu'il cherchait à lui refourguer, et que JAMAIS AU GRAND JAMAIS il ne débourserait le moindre centime, pour un individu aussi grossier que lui, quel que fût le produit proposé. Le tout appuyé par de fortes allusions imagées relatives à la noirceur de l'âme de Raul, à ses supposées préférences intimes, et au considérable manque de vertu de sa mère.

Sennepi tenta de calmer le jeu, en prenant ces offenses à la légère. Il posa une main qui se voulait apaisante sur l'épaule d'Armando. Mais l'homme, furibond, attrapa Raul Sennepi par le col de la chemise, et sous peu tous deux roulèrent en dehors de la pièce-musée, jusqu'au pied d'un sofa. Bientôt, Armando martela le parquet de ses poings, car il ne parvenait pas à frapper un Raul beaucoup trop vif et décontracté pour lui.

La conversation était arrivée à ce point de violence brute, lorsque éclata une troisième voix, au seuil de la pièce aux vitrines.

— Grand Dieu, Armando ! Mais que se passe-t-il, ici ? Une sonnerie sans fin, et maintenant…

Comme sous l'effet d'un électrochoc, Armando Murillo redressa le buste, ce qui permit à Raul Sennepi de se libérer de son assaillant et de se relever d'un bond. La femme qui venait d'entrer, une quarantenaire blonde d'origine française, les cheveux coupés au carré, demeura interdite. Venue du premier étage de la bâtisse, elle se tenait dans l'escalier, le visage crispé par l'inquiétude.

En face d'elle, d'une part, son mari, la chemise presque entièrement ouverte, le teint rouge, les cheveux en désordre, les poings crispés, en sang. De l'autre, un inconnu à l'aspect impeccable, les traits agréables, l'air affable, la coiffure totalement inaltérée.

— Bien le bonjour, chère madame ! s'exclama un Raul Sennepi plus enthousiaste que jamais. Votre mari et moi-même nous trouvions en pleine négociation commerciale... Yé lui ai fait une proposition qui visiblement l'a fait réagir, et yé m'apprêtais à lui offrir une petite ristourne sur le système de sécurité que yé vends, en gage de ma bonne foi !

— Viviane ! Appelle les flics, *rapidamente* ! T'inquiète, je me charge de mettre cet escroc dehors, avant que...

Mais madame Murillo n'écoutait pas du tout son mari. Depuis qu'elle avait posé les yeux sur le sémillant visiteur, le monde avait soudain revêtu un voile attrayant et pailleté. En quelques secondes, l'intrus glissa jusqu'à la maîtresse de maison et lui offrit l'œillet qui jusque-là trônait sur sa boutonnière.

— Pour m'excuser du désagrément causé, madame. Un cadeau dérisoire et bien fade, si l'on doit le comparer à la gracieuse harmonie de votre silhouette qui se découpe si parfaitement dans la divine lumière du soleil...

L'intrigant représentant se trouvait à quelques centimètres à peine de madame Viviane Murillo désormais et leurs mains, rapprochées lors de l'offrande de la fleur, étaient encore en contact. De quoi visiblement troubler la quarantenaire dont les yeux papillonnaient. Ce court moment de grâce fut interrompu par les vociférations d'Armando, qui poursuivait sur le même ton irrité.

— Viviane ! Ne te laisse pas embobiner par ce *tarado* ! Décroche ton téléphone, pendant que je l'expédie dehors à grands coups de pompes dans le...

Il s'apprêtait à saisir de nouveau le col de la chemise de Raul. Son épouse stoppa cet élan d'un mouvement de main aussi élégant qu'impérieux.

— Armando, tu ne feras rien de tout cela !...

Pour une fois que nous recevons ici un visiteur de qualité, avec un tant soit peu de manières, tu ne vas pas gâcher mon plaisir, avec ta coutumière mauvaise humeur. Et puis, il n'est guère courant, sous cet horrible toit, de rencontrer quelqu'un qui pense à offrir des fleurs pour en garnir mes appartements… si sinistres soient-ils ! Enfin, j'ajouterai qu'en matière de système de sécurité, il est toujours bon de se trouver à la pointe du progrès. Notamment à cause du vol que nous avons récemment subi… Alors, cher monsieur, qu'avez-vous à nous proposer ?

Le maître des lieux, interloqué, ne s'attendait pas à pareille réaction de la part de sa compagne. Il sembla se rappeler quelque chose, puis bredouilla une poignée d'objections maladroites.

Il était déjà trop tard : à quelques pas de lui, le vendeur le plus charmeur du monde était en train de vanter les mérites de son produit, devant une cliente empourprée, conquise à l'avance.

★

Adossé à un muret, Thomas fut le premier à apercevoir Soryan, tandis qu'il paraissait à l'horizon. Il en avertit aussitôt Alexandra, laquelle testait un nouveau casse-briques sur le téléphone portable de son ami.

— Ah, tant mieux ! s'exclama-t-elle. J'étais en train de m'énerver toute seule sur ton sale jeu.

— Je n'y peux rien si tu es une inadaptée technologique, soupira Tom. Parfois, franchement, tu te comportes comme ma grand-mère !

En guise de réponse, la jeune fille lui tira la langue. Puis elle s'approcha de Soryan.

— Alors ? lui fit-elle. Approche concluante ?

Raul Sennepi, caché du regard des éventuels promeneurs par le muret, arracha son visage sans cérémonie et redevint aussitôt Soryan Nesh, dans un éclair bleuté.

— Je vais vous dire une chose : si ce fichu système de surveillance que je viens de leur vendre existait réellement, je crois que je me serais fait une fort jolie commission. De quoi sérieusement considérer un changement de carrière…

— La simulation que je vous ai téléchargée a donc été convaincante ? s'enquit Thomas.

Soryan Nesh hocha une tête hilare.

— Je me suis un peu laissé emporter par mon rôle. Mais le charme du masque a fini par opérer, et me voilà désormais dans les petits papiers de l'épouse d'Armando. Vous auriez vu la trombine de ce pauvre type ! Vers la fin, j'aurais presque pu demander sa femme en mariage devant lui, sans qu'il n'ose sourciller ! À croire que lui aussi a finalement été victime du charisme de mon masque…

Alexandra afficha une moue perplexe : elle n'avait jamais entendu parler du mystérieux représentant hispano-italien. Il arrivait à Soryan Nesh d'incarner de parfaits inconnus, pour le besoin d'une enquête. Pourtant, le masque utilisé ce jour-là lui rappelait quelque chose.

— Au début, j'ai volontairement agacé Armando, continuait Soryan. Ce qui m'a permis de lui subtiliser un trousseau de clés, sans qu'il s'en rende compte. Et puis un couteau sur lequel se trouvent ses empreintes…

Il produisit fièrement les deux objets volés.

— Ensuite, je me suis battu avec lui, ce qui m'a permis de répondre à la question que nous nous posions.

— Il possède la marque ?

— Oui, Thomas. La même marque que ses frères et sœurs. La même que la mienne… Celle de la malédiction.

— Alors, il n'est pas un suspect… mais une nouvelle victime potentielle, analysa le garçon.

Soryan Nesh dodelina du chef.

— Moui, enfin, comme le disait ce cher Hercule Poirot : « Je suspecte d'abord tout le monde. Celui qui, de près ou de loin, touche à la victime est considéré par moi comme coupable jusqu'à preuve du contraire. »

— Ah, d'accord, mais… et sa femme ? Elle aussi est maudite ?

— Sa femme également, impossible de s'y tromper : notre proximité m'a permis d'admirer tout le décolleté, et même un peu plus, hum…

— Ah, ben bravo !

— Comme je l'ai souligné, je devais me trouver un peu trop dans mon rôle, Alex. Car je n'ai pu m'empêcher de lui dérober ces quelques babioles supplémentaires…

Cette fois, Soryan produisit un bracelet, un collier, quelques bagues. La plupart de ces bijoux paraissaient constitués d'or ou d'argent. Thomas, stupéfait, s'attendait à ce qu'Alexandra réprimande son patron. Mais, au lieu de cela, la jeune fille s'exclama :

— Le numéro 9 ! Raul Sennepi, c'est votre masque numéro 9 !

Soryan Nesh considéra sa jeune assistante avec un sourire entendu.

— Ah ! Enfin, tu l'as reconnu... Maintenant, tu sais combien ce masque va nous être de nouveau utile, pour la seconde partie de notre visite.

— Oui, cela semble évident...

Thomas, vexé par leur connivence, se mit à bougonner.

— Bon, vous arrêtez un peu, avec vos cachotteries ? Maintenant, je fais partie de l'Agence, oui ou non ? Alors dites-moi qui est vraiment le numéro 9 !

— Mon cher Thomas, questionna malicieusement Soryan, es-tu familier avec ce que l'on appelle les anagrammes ?

— Les anagrammes ?... Un mot dont les lettres organisées différemment en donnent un autre ?

— Précisément !

Fidèle à lui-même, l'Indien préféra laisser planer sur le masque une aura de mystère, plutôt que d'en fournir directement la solution. Tandis qu'Alex et Soryan discutaient de la suite des opérations, Tom se mit à réfléchir. Il utilisa une application, sur son téléphone, pour organiser les lettres composant l'identité de « Raul Sennepi » différemment.

— On y retourne donc ce soir, tous les trois ? demanda Alex.

— Évidemment. L'agencement de la salle aux antiquités, chez Armando, a interpellé mon double. Je pense donc n'avoir observé que la partie visible de l'iceberg. D'autant que nous possédons désormais les clés du domaine... Si mes soupçons se confirment, j'aurai grandement besoin de toi par la suite... Nous entrerons tous trois à la faveur de la nuit, puis laisserons le numéro 9 poursuivre son œuvre.

— Oh, j'ai trouvé ! s'écria à son tour Thomas, triomphant. Le numéro 9, c'est...

CHAPITRE 8

A.L. ...ias

Une nuit chaude et sans nuages avait enveloppé la propriété d'Armando Murillo. La lune, quasi pleine, offrait une visibilité correcte malgré l'obscurité. D'un geste, Soryan Nesh indiqua l'endroit de la grille par lequel il était entré, quelques heures plus tôt.

— Il suffit de déplacer ces deux barreaux attaqués par la rouille, chuchota-t-il. À mon avis, le gardien comme le jardinier doivent parfois faire la chasse aux intrus ! Visiblement, ils n'ont pas encore repéré la faille dans le système.

Le logement du gardien se situait à trois cents mètres de l'ouverture, et de nombreux massifs offraient aux trois intrus la possibilité de se camoufler, entre deux cheminements. Cinq minutes plus tard, Soryan Nesh et ses deux assistants longeaient déjà la bâtisse du couple.

— Ça me rappelle la fois où on est entrés par effraction chez Selzie Qwelzer, se souvint Thomas, un peu mal à l'aise.

— Ça me rappelle deux ou trois missions délicates

auxquelles tu n'as pas assisté, parce qu'on ne t'avait pas encore recruté, répondit Alex, qui préférait visiblement ne pas s'appesantir sur le sujet.

— Moi, ça me rappelle quasiment toutes les soirées où je me balade sans aucun de vous deux, ajouta Soryan, un demi-sourire aux lèvres.

Aucun des adolescents n'osa réagir à cette provocation. Car en réalité, il existait bien trop d'embarrassantes probabilités que cette déclaration soit la pure vérité.

À l'abri des regards, dans le renfoncement d'une terrasse, Soryan Nesh posa sa grande mallette dorsale, l'ouvrit, et sortit un objet précieusement emballé du compartiment n° 9. Il s'agissait d'un monocle tagué de minuscules runes sur la tranche, qui allait lui permettre de revêtir le véritable visage du dénommé Raul Sennepi.

— Dites-moi, l'interrompit Alex, soudain prise d'un doute, il n'aurait pas été plus simple d'interroger directement Armando Murillo, plutôt que nous introduire de nouveau chez lui, sans même discuter de la malédiction qui le frappe aussi ?

— Plus simple, peut-être, lui concéda Soryan. Mais plus efficace, j'en doute. Et certainement pas plus amusant !

La paume de la main droite de Soryan entra bientôt en contact avec le monocle. Un éclair bleuté plus tard, la peau de l'Indien avait légèrement pâli, ses cheveux s'étaient un peu lissés, et une fine moustache ornait un sourire aux fines lèvres, devenu narquois. Il s'agissait de Raul Sennepi. Mais d'un Raul Sennepi moins extravagant, beaucoup plus raffiné dans ses attitudes.

Habituellement, Soryan était plutôt bel homme. Cette fois, pourtant, il jouissait d'un charme supplémentaire, une prestance naturelle alliée à une grâce quasi aristocratique. Il ressemblait à un prince de haut rang, lequel eût possédé le charme d'un voyou mais sans rien perdre de sa distinction.

— Monsieur Marquez, interpella le nouveau venu, d'une voix autoritaire mais suave, veuillez produire votre tablette et activer le logiciel dont vous m'avez entretenu... Lorsque je suis entré cet après-midi, Viviane Murillo m'a donné accès au système informatique de la propriété. Sans se douter, bien entendu, qu'elle me livrait ainsi le contrôle de toutes les installations électriques de son domaine. Je pense m'être correctement servi de cette merveille de technologie. Il vous suffit d'ouvrir le portail du garage, maintenant.

Sans un mot, Thomas s'exécuta et pianota sur sa tablette. Quelques clics plus tard le garage s'ouvrait.

— Suivez-moi comme mes ombres, indiqua la personne qu'incarnait Soryan. Si nous voulons passer inaperçus, nous devons agir de concert et nous penser comme de silencieuses extensions de l'obscurité.

Il bondit alors vers l'ouverture. Thomas et Alex échangèrent un bref regard avant de s'élancer. Dans leurs yeux, la même appréhension se lisait... mais également la même excitation de suivre le plus grand voleur de tous les temps : le très célèbre Arsène Lupin.

Sans le moindre bruit, le trio longea une Porsche jaune et une Lamborghini gris métallisé. Ils gravirent un petit escalier, puis rencontrèrent une porte close qu'Arsène Lupin déverrouilla grâce au trousseau de clés subtilisé plus tôt. À pas de loup, ils évoluèrent dans le hall, jusqu'à ce que le gentleman cambrioleur leur indique un premier détecteur de mouvement. Thomas sut immédiatement ce qu'il devait faire : le nez sur la tablette, il accéda au circuit, dans le but de désactiver toutes les protections électroniques de l'étage.

— Pas sûr que ça nous ait servi, avoua-t-il. J'ai l'impression que les alarmes, dans cette zone, étaient déjà coupées. Ou alors, elles sont défaillantes.

— C'est ce que craignait la maîtresse de maison, elle me l'a avoué, souligna Lupin, malicieux. Voilà qui est bien dangereux : on rencontre tellement de brigands de nos jours !

Soudain, un grognement fit sursauter tout le monde : dans l'encadrement d'une porte venait d'apparaître un chihuahua. Si l'arrivée subite d'un rottweiler les eût plus effrayés que cette mini-apparition, chacun savait néanmoins que le roquet possédait suffisamment de coffre pour réveiller d'un coup toute la maisonnée. D'autant que la simple présence de Thomas Marquez, l'absolue terreur du royaume animal, avait de quoi exacerber sa hargne, jusqu'à le rendre fou de rage.

Soryan Lupin se remémora ce détail, car aussitôt, il se posta entre l'adolescent et le gardien miniature, puis il avança prestement en direction de ce dernier. Dans sa main tendue se trouvait une tranche de rosbif, aliment qu'il avait amené à dessein, pour cette occasion précise. Alléché par l'offrande, l'animal desserra aussitôt les dents pour se jeter sur sa pitance.

— J'ai passé une bonne demi-heure à cajoler le cerbère local cet après-midi, tandis que je devisais avec sa maîtresse, révéla Lupin, à voix extrêmement basse. Allez, régale-toi, boule de poils !

Alex et Tom laissèrent là le chihuahua gourmand, avec quelque appréhension. Lupin les rassura, en leur révélant que la bestiole allait illico rejoindre le monde des rêves.

— Avec la dose de somnifères que je lui ai collée dans sa ration, notre ami à quatre pattes va dormir jusqu'à l'aurore…

Il fallut encore longer un couloir, puis traverser une salle à manger. Alors qu'ils s'apprêtaient à la quitter, Arsène Lupin leur adressa un signe impérieux.

— Attendez-moi là ! murmura-t-il. Je dois *absolument* vérifier quelque chose.

Les adolescents lui obéirent et se plaquèrent aussitôt contre un mur, les oreilles aux aguets. Au bout de quelques dizaines de secondes, ils échangèrent un regard interrogatif. Qu'étaient-ils en train d'attendre, au juste ? Tout à coup, un « PLOP » les fit de nouveau sursauter. Le gentleman cambrioleur reparut alors, trois coupes en verre dans une main, dans l'autre une bouteille de champagne débordante de mousse.

— J'ai trouvé du Dom Pérignon cuvée prestige ! expliqua-t-il. Si nous devons dévaliser ce lieu, autant le faire avec style ! Une petite rasade ?

Alex et Tom refusèrent d'un geste. Ce qui n'empêcha guère Arsène Lupin de déguster une coupe de très bon champagne, tout en les guidant.

Le voleur bon vivant les amena ensuite à la vaste pièce qui abritait la collection d'antiquités. Tandis que ses complices découvraient ces merveilles assemblées, et les clichés d'Armando aux côtés de son ami explorateur, il les tira de leur contemplation, pour leur indiquer une cloison apparemment semblable aux autres, mais qui, sous ses coups d'index, sonnait différemment.

— J'ai remarqué quelques défauts de peinture dans le camouflage de cette porte dérobée, révéla-t-il, dans un murmure. Aussi a-t-elle immédiatement attiré mon œil avisé. Car, en termes de paroi creuse, croyez-moi : j'en connais un joli rayon.

Il posa bouteille et coupe à moitié pleine. Quelques rapides manipulations lui suffirent pour activer le mécanisme secret : la porte se débloqua, et dévoila un petit couloir.

Fort de son succès, Lupin reprit sa coupe de champagne et la vida avec gaieté. Puis il fit signe à ses complices de s'engager dans le passage. Imperceptiblement, Alexandra hésita. Quelque chose dans ce couloir la mettait extrêmement mal à l'aise. Pourtant, la spirite secoua la tête, chassa bien vite cette soudaine appréhension, et suivit le mouvement.

Le couloir, étroit et droit, les mena devant une nouvelle porte, blindée cette fois. Cette nouvelle protection ne sembla pas surprendre Lupin, qui déclara :

— Cet après-midi, j'ai examiné la configuration du rez-de-chaussée, depuis l'extérieur. Puis, en arpentant les pièces visibles, à l'intérieur… Selon mes calculs, il manque quelques dizaines de mètres carrés, entre ce que l'on peut visiter, et la surface qui devrait normalement s'y étendre… Ce qui me laisse à penser que cette porte cache une pièce, presque aussi vaste que le petit salon bordé d'antiquités.

— Et pour l'ouvrir, on utilise encore le trousseau de clés ? avança Thomas.

— Non. Regardez ce capteur : il nous faut une empreinte

d'index, ou peut-être de pouce... Fort heureusement, nous possédons les deux.

D'une poche de sa veste, le voleur sortit le fac-similé de ces deux empreintes, obtenues quelques heures plus tôt, grâce au couteau dérobé à Armando. Un déclic retentit, preuve sonore du succès de la manœuvre.

— Face à une combinaison alphanumérique, nous aurions eu davantage de fil à retordre... Mais c'est également à leur chance insolente que l'on reconnaît les plus grands cambrioleurs, vous ne croyez pas ?

Lupin leur adressa un clin d'œil et poussa cette dernière porte. Alexandra, alors, retint son patron par le bras.

— Eh bien, mademoiselle Huxley, que vous arrive-t-il ? l'interrogea Soryan Lupin.

— Il y a... un truc. Un truc pas net du tout, qui me dit de rebrousser chemin et de partir très loin d'ici.

— C'est justement pour découvrir la face cachée d'Armando que nous sommes tous venus, non ? tenta Thomas.

— Au point où nous en sommes, il serait dommage de ne pas pousser l'investigation jusqu'au bout... Cela étant dit, si vous ne souhaitez pas nous accompagner, libre à vous de nous attendre ici, mademoiselle Huxley.

La jeune spirite s'agita. Visiblement en proie à un grand trouble, elle se passait nerveusement la main dans les cheveux, piétinait et cherchait ses mots.

— Non, non, vous ne comprenez pas... J'ai envie de vous suivre, je sais que je le dois... Mais les ondes qui proviennent de cet endroit sont... Je ne sais même pas comment formuler ça... Elles me semblent... comme contraires à la nature. C'est ça ! Toutes ces ondes vont dans le sens inverse de ce que doit être l'harmonieuse nature des choses. Et… Et ce n'est pas tout.

À cet instant, elle agrippa un peu plus fort le bras de Soryan. Thomas considéra Alex avec curiosité. Il n'était pas du tout dans les habitudes de la jeune fille de s'affoler pour rien.

— Ce que vous avez vécu, Soryan… Votre expérience de mort imminente… Il y a, dans cette pièce, quelque chose qui s'en rapproche.

Les yeux verts d'Alexandra s'étaient plantés dans le regard azur de l'Indien métamorphosé. Une lueur de défi pointa chez son interlocuteur, une lueur typique de Soryan, mais aussi de Lupin, et encore davantage des deux réunis.

— Alors, raison de plus pour franchir cette porte, murmura-t-il dans un sourire provocateur.

Sans cérémonie, il tourna les talons et s'engagea dans la salle secrète.

CHAPITRE 9

La morsure dans la pierre

Une fois entré, Thomas Marquez, fortement impressionné, retint son souffle.

La pièce, un peu plus petite que le premier salon aux antiquités, ne présentait aucune fenêtre. Il y régnait une ambiance sombre, oppressante. La lumière artificielle, crépusculaire, filtrait à travers quelques étranges losanges phosphorescents constitués de pyramides symétriques. Sur les parois étaient fixés des fresques, des bas-reliefs, des pans de murs entiers, et tous représentaient d'inquiétantes créatures tentaculaires, sans corps animal immédiatement identifiable, mais qui tenaient à la fois du fauve, de l'arachnide et du calamar géant.

Dans la semi-obscurité, le trio devinait plus qu'il ne voyait les figurines vaguement humaines savamment disposées, encadrées de vastes colonnes de pierre, côtoyant de hautes statues abîmées par le temps, dont l'insaisissable visage demeurait enfoui, quelque part au cœur de la pénombre.

Un étrange agencement de sphères en parfaite lévitation, d'une dizaine de centimètres de diamètre chacune, surplombait un paysage en relief, représentations de continents dont ils ne reconnurent ni la forme, ni l'agencement.

Chacun à sa façon, Tom, Alex et Lupin ressentirent exactement la même chose : l'étonnante impression d'avoir débarqué au beau milieu d'un sanctuaire, un lieu que l'on avait entièrement arraché à son mystérieux pays d'origine pour patiemment le reconstituer, pierre par pierre, dans ce salon secret du nord de l'Espagne.

— Le voilà, notre temple profané, leur rappela Soryan Lupin. Celui que nous avons évoqué face aux quatre autres membres de la famille Murillo et qui, visiblement, n'en connaissaient pas l'existence.

De son index, il pointa une nouvelle photographie, le seul détail détonnant dans cette savante mise en scène. On y voyait un Armando Murillo guilleret, posant devant un temple situé en bord de mer, presque entièrement mangé par la jungle.

— La végétation sur le cliché me fait songer à un pays d'Asie du Sud-Est. Le Cambodge ou la Malaisie. Je ne pense pas me tromper… Pourtant, rien dans le style de ce sanctuaire ne me rappelle les civilisations de ces pays…

— Je ne m'attendais pas à ça, avoua Thomas. Dans le genre flippant, ça en impose ! Franchement, on ne peut pas éclairer un peu plus ? Parce qu'on n'y voit pas grand-chose.

— C'est un peu le but, avança Alexandra, extrêmement crispée. Une trop grande luminosité atténuerait l'aura de mystère que l'on a voulu retranscrire ici. Les pyramides lumineuses devaient être alimentées; à l'origine, par la flamme d'une bougie... Ah, la la, que je n'aime pas cet endroit ! La mort semble y planer partout... Cette ambiance, ça me prend au cœur... Et puis, qu'est-ce qu'il fait chaud !

— Ces boules en lévitation, c'est quoi, un système d'aimants ?... Qu'est-ce que ça représente ?

Alexandra, les traits marqués, haussa les épaules. Arsène Lupin, lui, était comme hypnotisé.

— J'ai visité, de nuit, assez de musées, et pillé suffisamment de collections privées pour vous affirmer que nous nous trouvons face à un agencement unique ! Car tout ici semble appartenir à une époque oubliée. Énigmatique. Indéfinissable... Dans ma vie d'amateur d'art, je n'ai jamais rien vu de tel !

— D'amateur ou de voleur ?

— Eh bien, les deux, monsieur Marquez, sourit Lupin. Voyez-vous où je souhaite en venir ? Il m'est impossible, ici, de reconnaître avec certitude les caractéristiques de l'art malaysien, ou d'identifier catégoriquement le style des gravures cambodgiennes. Tout est... très ancien, bien entendu. Mais, en même temps, totalement neuf. Ces sphères flottantes, par exemple, ne ressemblent à rien de connu. Imaginez donc mon émerveillement !

— À moins que ce ne soient de *fausses* antiquités. Vous savez, des trucs fabriqués récemment, fruits d'une imagination un peu morbide... C'est tout de même plus plausible qu'une entière collection issue d'une civilisation inconnue, non ?

Arsène Lupin secoua vigoureusement du chef.

— Mon ami, si quelqu'un sur cette terre possède un

œil expert, en faux et usage de faux, c'est bien votre serviteur ! Je vous affirme avec une absolue certitude que ces aberrations sont toutes âgées de plusieurs dizaines de siècles… sinon davantage.

— Alors, si vous dites vrai, la collection bizarre d'Armando doit être totalement hors de prix.

— Ce qui n'est pas pour me déplaire, souligna Lupin, un air de gourmandise sur les lèvres.

— Je… confirme… Il n'y a rien de factice, ici, ajouta Alexandra d'une voix blanche.

La spirite n'avait presque plus progressé depuis qu'elle avait atteint, à pas lourds, le centre de la salle. Avare en paroles, elle scrutait chaque recoin de la pièce, comme si une armée de monstres allait brusquement jaillir de l'ombre pour les dévorer tous trois.

— Attends, tu veux que j'utilise une lampe torche ? proposa Thomas. Ça te détendra peut-être…

— Tu sais très bien que, si je veux de la lumière, je peux me débrouiller seule avec mes sortilèges. Non. Ce sont ces voix, tout autour de nous… Tu ne les entends pas ?

— Des voix ? répéta son ami, en scrutant le silence absolu qui régnait alentour.

— Ah ! J'oubliais que, parfois, tu résistes naturellement aux enchantements néfastes. Eh bien franchement, ce soir, je t'envie ! Parce que ces chuintements qui émanent des statues et des sphères flottantes me mettent sacrément mal à l'aise ! Et s'il n'y avait que ça…

— Ces voix, je les entends aussi, affirma Lupin.

Thomas frissonna. La main sur son téléphone portable, il balaya les bas-reliefs les plus proches. Il en ressortait des créatures grotesques et difformes, étonnants monstres asymétriques, issus d'une imagination débordante et malade.

— Sérieusement, arrêtez de me faire flipper, tous les deux ! La mise en scène est impressionnante, d'accord. Mais après tout, ce sont juste des gravures extrêmement moches, avec un peu trop d'yeux, des tentacules à la place des bras, des gueules tout de travers. Et puis… BAAAH !

La lampe de son téléphone avait fini par rencontrer le visage dérangeant d'une des statues les plus imposantes. Il s'agissait d'un mélange indéfinissable de créatures marines, croisées avec des monstres terrestres velus, tous atteints de difformités. À côté de cette abomination, les gargouilles de lumière, récemment modelées par Alex en bord de Seine, paraissaient un plaisant modèle d'esthétisme.

Si Thomas avait glapi, c'était parce que les yeux de la statue, sertis de pierreries, avaient paru scintiller, puis le suivre du regard. En répétant l'opération qui consistait à éclairer cet immonde visage de gauche à droite, le garçon se rendit compte qu'il s'agissait d'une habile illusion. Ce qui ne l'empêcha guère de sentir un filet de sueur couler dans son dos, manifestation de sa peur autant que de la vive chaleur qui régnait alors.

— Ça t'apprendra à jouer les fiers-à-bras, tiens ! se moqua son amie. Quand je te dis que cet endroit est épouvantable ! Cet Armando Murillo est sérieusement dérangé !

La spirite rejoignit le voleur qui se trouvait en arrêt sur les paysages en relief, surplombés par les sphères flottantes. Un examen plus attentif de ces petits globes lui révéla qu'il s'agissait plutôt de sculptures sphériques, dotées de légères excroissances qui partaient en tous sens.

— Ce système est vraiment étonnant, souligna Lupin. Un mince souffle d'air s'engouffre dans la partie creuse des sphères, apparemment légères… mais en même temps taillées dans une roche que je ne connais pas !

— On dirait des planètes vivantes, frissonna Alex. Comme une divinité bizarroïde qui règne sur un monde qu'elle domine de sa hauteur… *Plusieurs mondes*, même.

— Plusieurs mondes ou plusieurs niveaux de réalité, avança Lupin. Tout dépend de quelle mythologie ces savantes représentations s'inspirent… Et ces petites cavités irrégulières, finement sculptées dans ces figurines volantes, ce sont des bouches ?

La spirite se recroquevilla.

— De toutes les abominations rassemblées ici, c'est peut-être ce truc-là qui me file le plus les chocottes…

— Peut-être parce que cette planète miniature est *exactement celle* qui est apparue dans les rêves de mon alter ego. Nous voilà donc sur une piste sérieuse !

Les adolescents considérèrent le Lupin indien du coin de l'œil. Souvent, tous deux s'interrogeaient sur la mince frontière qui séparait Soryan Nesh des personnages qu'il incarnait. Quelle partie de lui existait encore, et dans quelle mesure était-ce lui qui menait la danse lorsque, l'espace d'un instant, il se métamorphosait ? À vrai dire, la réponse variait sensiblement d'un masque au suivant, car il existait des personnalités plus souveraines ou plus torturées que d'autres.

En cet instant, il paraissait exister une certaine symbiose entre Soryan Nesh et Arsène Lupin. Sans doute parce que les deux hommes possédaient de très larges points communs. Aussi, Lupin pouvait-il parler sereinement de Soryan, sans nier sa présence en arrière-plan ou le considérer comme un adversaire.

Cependant, Alex et Tom savaient qu'ils devaient demeurer vigilants. Car, à l'inévitable instant où l'équilibre deviendrait bancal, ils devraient arracher le masque du voleur, d'urgence. La survie de Soryan et la préservation de sa santé mentale étaient à ce prix.

Soudain, Lupin se tourna vers l'adolescente.

— Mademoiselle Huxley, j'ai besoin de vous. Pourriez-vous utiliser vos dons de spirite pour m'indiquer le centre névralgique de cette étrange pièce ?

— Hum, si vous me demandez à quel endroit précis ces sales vibrations sont les plus fortes, je dirais… par là !

Elle effectua un quart de tour sur elle-même, puis indiqua une colonne, apparemment identique aux autres.

Elle laissa glisser ses doigts sur la pierre. Alors, il y eut un déclic. Thomas s'attendit presque, comme dans les films d'*Indiana Jones*, à ce qu'une bordée de fléchettes empoisonnées surgisse soudain du mur opposé, pour les transpercer tous trois.

Au lieu de cela, un logement s'ouvrit dans la colonne. Dans un glissement, il en émergea un petit autel constellé d'étoiles schématisées.

— Euh, je ne sais pas du tout si je devais faire cela, s'excusa la spirite.

Arsène Lupin afficha un air satisfait.

— Comment ne pas se réjouir de vous voir découvrir un compartiment secret, mademoiselle Huxley ?

Sur le petit autel, en plus de la voûte céleste, ils

pouvaient remarquer quelques marques incrustées.

— Une morsure dans la pierre, décrivit Lupin. Mmmh, j'ai l'impression qu'il nous manque quelque chose...

À ses côtés, Thomas fixait le globe volant le plus proche. Il se fit la réflexion que l'objet devait, à peu près, couvrir le volume de son poing fermé. Il faillit toucher cette intrigante sphère, afin de tester sa force de lévitation. Lupin stoppa son geste.

— Oh ! vous pensez que je vais être maudit moi aussi, si je m'approche de ce truc ?

Le voleur secoua la tête.

— Vous avez remarqué ce minuscule voyant rouge, très discret ? C'est un système de sécurité qui doit immédiatement enclencher une alarme, quand on le déplace. Et celui-ci, nous ne l'avons pas encore désactivé.

— Ah oui, mince !... Je n'avais pas du tout vu ça.

— En parlant avec Viviane Murillo, l'épouse d'Armando, j'ai cru comprendre que le couple avait été victime d'un vol, quelque temps plus tôt. Je n'ai pu découvrir le fin mot de l'histoire. Mais j'avancerais qu'il s'agit des petits objets qui se trouvaient peut-être encastrés dans l'autel étoilé, celui que nous venons de découvrir, et dont nous pouvons encore observer les marques.

La lampe de Thomas s'avéra bien utile pour mieux observer les marques relevées par Lupin.

— Cette morsure dans la pierre, on dirait des empreintes... Comme de tout petits pieds humains, organisés en cercle, à intervalles réguliers.

— C'est une ronde, avança Alex, qui commençait à trembler de tout son corps. Les pas sculptés forment une ronde.

— Une ronde évanouie, affina Lupin. Si je considère la taille du logement dans la colonne, ainsi que la disposition de ce plateau, j'avancerais qu'il s'y trouvait plusieurs figurines. Lesquelles ont donc disparu. Soit récemment subtilisées, comme je le pense. Soit perdues dans la nuit des temps… Il me faudra peut-être interroger Armando Murillo à ce sujet… Mmmh, non. À la réflexion, je jetterai plutôt mon dévolu sur Viviane.

À cette pensée, le gentleman cambrioleur ne put s'empêcher de sourire. Puis, d'un mouvement vif, il revint vers la sphère en suspension, et le système de sécurité qui semblait la protéger.

— J'aimerais tenter un coup pour m'emparer de cet objet, mais il me semble plus prudent, monsieur Marquez, de faire appel à vos services. Car cela relève de vos compétences.

— Euh, désolé, mais si vous parlez du système de sécurité, je ne peux agir dessus, avoua Tom, en pianotant sur sa tablette. Vous aviez raison : le dispositif est sans doute rattaché à un circuit indépendant, qui ne figurait peut-être pas sur l'ordinateur d'Armando.

— Justement le genre de produit que vendait ce cher Raul Sennepi, s'amusa Lupin, qui goûtait l'ironie de l'affaire. Il va donc falloir improviser.

— Non mais, vous voulez vraiment piquer ce truc ? C'était bien la peine de stopper mon geste ! Si l'alarme sonne, nous aurons l'air beau, tiens !

D'un mouvement sec, mais preste et subtil, Lupin tira de sa poche une sphère rose vif de taille à peu près équivalente à celle se trouvant devant leurs yeux. L'instant d'après, la balle rose flottait sur l'autel, et le globe sombre avait atterri dans la main du voleur.

Tout s'était déroulé tellement vite que personne n'avait eu le temps de formuler une nouvelle objection relative à la manœuvre. Il y eut un moment de stupeur et de stress, où les deux adolescents fixèrent le voyant rouge du système électrique, en train de clignoter. Mais l'alarme ne retentit pas, et la balle de mousse rose continua de flotter, comme si elle se fut trouvée à sa place naturelle.

— J'avais amené ce jouet, au cas où le stratagème du morceau de rosbif ne fonctionnerait pas face à notre ami chihuahua. La balle est lestée de plomb et visiblement, elle fait l'affaire. Parfois, on s'en remet un peu trop aux machines, et pas assez à son propre doigté…

Lançant et rattrapant négligemment le globe subtilisé, Lupin adressa un clin d'œil aux adolescents qui le dévisageaient, bouche bée.

— Monsieur Marquez, reprit le voleur, pourriez-vous me rendre un petit service ?… Il fait de plus en plus chaud, ici. Et j'aurais bien besoin d'un petit rafraîchissement, avant de prendre un nouveau risque. Pourriez-vous m'apporter la bouteille de champagne que j'ai malencontreusement oubliée, dans le premier salon aux antiquités ?

— Euh… Vous êtes sérieux ?

Arsène Lupin lui offrit son regard le plus digne.

— Quand il s'agit d'une cuvée spéciale de Dom Pérignon, toujours !

Thomas haussa les épaules et, sans un mot, tourna les talons pour satisfaire l'excentrique demande du gentleman cambrioleur, qui venait de le bluffer.

— Et qu'est-ce que vous allez risquer, au juste ? demanda Alexandra, pendant que son ami s'éloignait.

— Maintenant que je me suis emparé de l'un des cœurs sombres de ce sanctuaire, je me laisserais bien tenter par une statuette ou deux ! Passer mon chemin sans piller un tel trésor, je crois bien que je m'en voudrais toute mon existence !

— Euh… Vous pensez vraiment que ça va nous aider dans notre enquête, ça ?

Alex comprit alors que le moment était venu de dire au revoir à Lupin. Car devenu trop voleur et plus assez détective, il laissait l'appât du gain guider ses actes. Tandis que l'élégant pillard réfléchissait, elle se glissa dans son dos, prête à arracher le masque de lumière.

Mais subitement, elle fut assaillie d'un vertige. Un hurlement, dans son esprit, lui donna l'impression d'être soudain prise à la gorge. Il s'agissait d'une plainte, proche et lointaine à la fois. L'expression de deux souffrances qui s'imposaient à elle, qui appuyaient sur sa trachée, contre lesquelles elle dut soudain lutter.

— Eh bien, mademoiselle Huxley, vous ne vous sentez pas bien ?

— Je ne… je ne sais pas, bégaya-t-elle, un genou à terre. C'est… C'est un appel à l'aide… J'aurais dû… le percevoir plus tôt, mais… mais il y a trop d'ondes ténébreuses, ici… Soryan, je… suffoque.

Alors, plusieurs événements se succédèrent.

D'abord, au loin, Thomas poussa un cri. Ensuite, il y eut un appel d'air, suivi d'un immense fracas. La température monta de plusieurs dizaines de degrés, et une épaisse fumée s'invita dans la pièce.

Alexandra, pliée en deux, se mit à tousser frénétiquement. Terrassée par les attaques physiques et psychiques dont elle était la victime, elle s'effondra. Plaçant toujours au-dessus de ses larcins les plaintes d'une jeune femme en détresse, Arsène Lupin cessa aussitôt ses investigations pour lui venir en aide. Un coup d'œil en direction de la porte entrouverte lui indiqua la raison de toute cette agitation.

— Un incendie ! s'exclama-t-il.

Spontanément, il enfila la mallette dorsale qu'il avait posée en entrant, souleva le corps d'Alexandra, et effectua trois pas vers l'unique sortie du sanctuaire recomposé.

L'état du sinistre était déjà bien avancé. Au-delà d'un premier mur de hautes flammes, il aperçut le corps inconscient de Thomas. Au-dessus de ce corps, quelques poutres enflammées : l'adolescent avait visiblement été assommé lorsqu'une partie du plafond, rongé par l'incendie, lui était soudain tombée dessus.

Arsène Lupin sut qu'il lui faudrait traverser le rideau brûlant, reposer Alex, réveiller Thomas, avant de se jeter en leur compagnie dans la fournaise qui était en train de consumer toute la maisonnée.

Malheureusement, le voleur ne parvint même pas à quitter la pièce secrète du rez-de-chaussée.

Dans sa poche, le ténébreux globe produisit une vibration, qui résonna au cœur de sa poitrine. La marque de la malédiction parut elle aussi s'enflammer et l'esprit de Lupin, en même temps que celui de Soryan Nesh, se trouva précipité dans le gouffre étoilé qui signifiait la fin de son existence.

— Oooh… Tout compte fait, je n'aurais peut-être pas dû piquer ce truc.

Brusquement, le cœur du cambrioleur indien manqua un battement. Il tourna aussitôt de l'œil, et sa carcasse inanimée rejoignit celle de ses compagnons, pour devenir la nouvelle proie des flammes.

CHAPITRE 10
EMET

Les cris. La peur. La douleur, l'atroce douleur.

Respirer. Impossible de respirer.

Trop de fumée, les poumons emplis de monoxyde de carbone.

Et cette chaleur !...

Une impulsion électrique, comme un formidable instinct de survie, s'empara du corps et de l'esprit d'Alexandra Huxley.

Ce sursaut de vigueur, qui soudain l'arrachait à l'ombre où elle se pensait condamnée, elle l'avait déjà ressenti, à une autre dramatique occasion.

Un manoir, au fin fond de l'Angleterre. Anthony. Kaitlyn...

Mais elle chassa bien vite cet erratique et lointain souvenir, car elle devait se concentrer sur la situation présente. À deux pas d'elle, juste devant la porte, elle reconnut le corps inerte de Soryan, son immense mallette sur le dos. L'Indien possédait encore les traits du masque numéro 9, celui d'Arsène Lupin. Un peu plus loin, au-delà d'un rideau incandescent, gisait la silhouette tout aussi immobile de Thomas, que quelques morceaux de bois enflammés menaçaient de combustion. Partout où se posait son regard se dessinait le même cortège de flammes et de fumée, une ardente armée venue dévorer les parois, les meubles, le plafond, le sol.

Comment l'incendie s'était-il déclaré ? Était-il de nature criminelle ou lié à la malédiction Murillo ? Ces légitimes questions allaient devoir attendre un moment ultérieur… si, par chance extrême, un tel sursis était accordé à Alex, ainsi qu'à ses compagnons. Car pour l'heure, rien ne semblait pointer vers cet heureux dénouement.

La spirite, entre deux quintes de toux, para au plus pressé. D'un bond, elle franchit le mur de flammes et débarrassa Thomas des poutrelles qui s'apprêtaient à le transformer en rôti.

Elle leva les yeux vers le plafond : partiellement effondré, celui-ci menaçait à tout instant d'ensevelir le jeune garçon. Elle saisit donc son ami par les pieds et le traîna dans un coin moins dangereux du salon. À peine l'eut-elle écarté du péril qu'une nouvelle bordée de poutres s'échoua de la voûte, dans un redoutable fracas, à l'endroit précis où les deux adolescents se trouvaient quelques secondes auparavant.

— Tiens bon, Tom, s'il te plaît, dit-elle à voix haute, plus pour elle-même que pour l'adolescent qui ne pouvait l'entendre.

Tout était en train de s'embraser, tout était en train de disparaître. Dans quelques secondes, ils auraient tous trois péri. Si elle ne tentait pas quelque chose de *magique*, si elle ne le tentait pas maintenant, c'en était fini de l'Agence 100 Visages.

Puisant dans ses ressources, elle se concentra sur la chaleur, sur ces flammes qui dévoraient la maison. De son corps entier naquit une déflagration couleur émeraude, qui balaya le paysage.

Alors, les flammes parurent ralentir. Les murs se consumer moins rapidement. La chaleur perdre de son intensité.

Autour du petit groupe, Alex venait de concevoir un cocon de lumière, une coque protectrice où le temps et les éléments ne possédaient plus la même emprise.

Il ne s'agissait pas d'un sortilège issu de ses capacités de spirite. Mais plutôt de quelque chose qu'elle gardait secrètement en elle depuis de longues années, et qu'elle avait hérité de son passé en Angleterre. Elle ne maîtrisait pas bien ce sort, ne l'utilisait que rarement, et savait que la protection ne durerait pas longtemps. Dans les circonstances actuelles, pourtant, c'était ce cocon, ou la mort pour eux trois.

Dans l'une des poches de Thomas, elle attrapa une trousse, qu'elle savait contenir l'une des seringues confiées par Yun-Lin. Elle était persuadée que son patron était en train de faire un nouvel arrêt cardiaque. Reprenant à peine son souffle, elle traversa de nouveau le mur incandescent. Malgré l'action ralentie des flammes, son gilet prit feu : elle s'en débarrassa sans ambages, puis se pencha vers Soryan, pour lui administrer le remède.

— J'ai pas d'autre solution de toute façon. Parce que je ne peux pas vous porter tous les deux ! Soit vous vous réveillez, soit on y passe tous. Alors… faites un effort, Soryan !

Elle n'avait jamais piqué personne. Pourtant, elle trouva la veine. Poussa le piston. Mais rien, absolument rien ne se produisit.

Affolée, elle chercha le cœur de Soryan. Celui-ci ne battait pas. Alexandra lâcha un juron.

— Ah non, Soryan ! Non ! Ne me faites pas ça !

De rage, elle lui flanqua un coup de pied. Dans le salon, malgré la protection magique, la température augmenta encore de plusieurs degrés. Si, un moment, avait existé un périlleux chemin qui lui eût permis de rejoindre une fenêtre, en compagnie de ses amis, désormais aucune issue ne semblait se dessiner, tant la danse des flammes s'était intensifiée. Et le cocon de lumière paraissait se fendiller.

Une dernière idée, alors, jaillit dans son cerveau. D'une main experte, elle arracha le masque d'Arsène Lupin. Comme auparavant avec l'émergence de Cyrano, la métamorphose provoqua une commotion psychique, qui, miraculeusement, tira l'Indien de sa torpeur. Telle une créature animée par la foudre, Soryan Nesh revint d'entre les morts.

Pour la seconde fois, en à peine trois jours.

Soudain, son cœur se remit à battre régulièrement dans sa poitrine.

— Hein ? Que… Quoi ?… Le globe… La ronde… Les étoiles… La planète vivante, encore…

— Oui, eh bien, plus tard, avec vos rêves ! le houspilla Alex. On est en train de cramer, vous n'avez pas remarqué ? Alors maintenant, vous allez nous sortir de là. Et vite !

Laissant le miraculé à son brusque réveil, l'adolescente franchit encore le mur de flammes qui les séparaient de Thomas. Au terme d'une roulade, elle parvint à faire disparaître la nouvelle gangue brûlante. Elle se jeta alors vers le garçon inconscient. Avec toute l'énergie du désespoir, elle le plaça sur le dos. Puis elle plaqua ses lèvres contre les siennes, pour lui faire du bouche-à-bouche.

Quelques mètres derrière elle, Soryan Nesh parvint à se lever. Mais sa vision demeurait trouble, et déjà, il chancelait.

— Tout ça, beaucoup trop… Beaucoup trop, pour mon pauvre corps, analysa-t-il, tandis que d'inquiétantes lumières dansaient autour de ses yeux.

Il considéra le cocon de lumière, sans lequel ils auraient déjà tous péri. L'Indien eût voulu satisfaire son assistante et la rejoindre d'un bond. Mais il ne parvint qu'à tituber, et traversa péniblement le foyer.

Alexandra sentit bien les immenses difficultés de son patron, quelque part derrière elle. Mais elle se trouvait bien trop occupée à ramener l'autre garçon de l'Agence à la vie.

À son tour, Thomas Marquez fut saisi d'un spasme et toussa. Il n'eut guère le temps de se rendre compte qu'Alexandra venait de lui sauver la mise… et, au passage, d'exaucer l'un de ses désirs les plus secrets.

— Debout ! lui intima son amie. On a peut-être encore une chance de s'en tirer… Viens !

Sans ménagement, elle lui saisit la main, puis l'emmena en direction de Soryan. Lequel éprouvait toutes les peines du monde à éteindre le feu sur son vieux pardessus.

Enfin rassemblés, mais cernés de toutes parts par la fournaise, les membres de l'Agence n'en menaient pas large.

Soudain, le cocon de lumière se brisa en une myriade d'éclats brillants. La chaleur s'engouffra d'un coup dans l'espace libéré. Autour d'eux, des poutres tombaient en masse, de plus en plus proches. Les murs fissurés menaçaient de les engloutir. Et la température venait d'atteindre les tout derniers degrés humainement supportables.

Thomas comme Alex étaient à bout de forces. Quant à Soryan Nesh, il ne possédait pas même assez d'énergie pour se mettre debout.

— À ce moment, *forcément*, vous nous tirez de là avec un de vos masques ! hurla la jeune fille. *Forcément* !

— Je... je n'en suis plus capable, Alex. Je n'ai...

Un craquement plus sonore que les autres interrompit les paroles soupirées par l'Indien.

Et ce furent tous les autres étages de la maison qui leur tombèrent sur la tête.

À trois cents mètres de là, au nord-est de la propriété, le violent incendie qui s'était emparé de la bâtisse d'Armando et de Viviane Murillo avait enfin fini par réveiller le vieux gardien. Celui-ci, depuis quelques heures, profitait du lourd sommeil dispensé par une pleine bouteille de macabeo-chardonnay descendue beaucoup trop vite.

Affolé de découvrir si tardivement l'immense brasier qui venait d'avaler la grande maison, et qui désormais s'étendait aux jardins, l'homme décrocha fébrilement son téléphone portable. Tout en s'approchant de l'édifice à grandes enjambées, il appela les pompiers. Au bout du fil, le sapeur de garde nota immédiatement ses coordonnées. Mais lorsque celui-ci demanda de fournir davantage de détails, la voix du vieux gardien s'étrangla.

Le sexagénaire, bouche bée, était en effet en train d'assister au plus improbable des spectacles.

Des ruines enflammées de la maison venait de surgir une créature aux énormes proportions, plus massive et plus haute que n'importe quel homme, visiblement couverte d'argile des pieds à la tête, jusqu'à la racine des cheveux. Dans chacun de ses bras démesurément épais reposait un adolescent inconscient, le visage noirci par les flammes et la fumée. Coincé entre le buste et l'un des biceps du colosse, il reconnut un minuscule chihuahua endormi.

Le vieux gardien stoppa net. La gigantesque créature progressait maintenant dans le jardin, les flammèches qui la cernaient encore s'éteignaient naturellement à chacun de ses vastes pas. Dans son dos se trouvait fixé un épais bagage, imposant pour tout être humain normal, ridiculement petit pour le colosse rougeoyant.

En quelques enjambées, Soryan le Golem avala les derniers mètres qui le séparaient du vieil employé abasourdi. Du haut de ses quatre mètres, il le fixa de ses yeux bleus. Son immense main droite, enveloppée d'un bandage, parut le saluer.

C'en était beaucoup trop pour le vieil employé espagnol. Persuadé d'être bientôt piétiné par le mastodonte, il perdit connaissance et s'effondra sur l'herbe roussie.

CHAPITRE 11

Négociations

Trois heures après les incidents de cette violente nuit, le chihuahua miraculé fut retrouvé dans un bosquet, encore endormi, en parfaite santé. Malheureusement, on ne pouvait pas en dire autant d'Armando et de Viviane Murillo, dont on localisa les corps calcinés avant de les tirer tous deux des décombres fumants. Totalement méconnaissables, ils furent transportés à la morgue locale, où l'on finit par les identifier.

Endormis ce soir-là dans le lit double de la plus vaste des chambres, ils avaient probablement été asphyxiés durant leur sommeil.

De la résidence dévastée, il ne demeurait que quelques murs, qui finiraient par s'effondrer, dès que le vent se mettrait à souffler un peu trop fort.

La notoriété de la famille Murillo propulsa cette triste nouvelle en première page de plusieurs journaux, notamment ceux détenus par Borja, l'un des deux jeunes frères du défunt Armando.

De leur vivant, aucun des deux époux n'avait vraiment pris soin de leur domaine. Viviane laissait la grille de son jardin rouiller et refusait même de la faire réparer, au mépris des avertissements de ses employés. Armando, quant à lui, repoussait sans cesse les travaux du toit, qui commençait à prendre l'eau. L'origine de l'incendie aura prêté un moment à débat, mais l'on mit très vite en cause le vétuste réseau électrique du premier étage, qui devait être changé depuis longtemps, mais que le couple ne semblait pas du tout pressé de remplacer. Cette négligence persistante, que l'on ne pouvait imputer ni au jardinier, ni au vieux gardien, ni même aux deux bonnes qui venaient régulièrement s'occuper du ménage et du linge, avait donc fini par coûter au couple non seulement leur vaste propriété et l'ensemble de leurs possessions, mais aussi et surtout leur existence sur cette Terre.

La police, la presse, le grand public et les réseaux sociaux n'eurent pas connaissance de cette sinistre histoire de malédiction. Et d'ailleurs, qui eût cru pareille affaire ?

Personne n'évoqua les trois intrus qui se trouvaient pourtant présents ce soir-là sur les lieux, en toute illégalité. Tout au plus vit-on apparaître, au détour de quelques sites douteux et autres périodiques à sensations, le témoignage du vieux gardien ayant aperçu « une créature rougeâtre de quatre mètres de haut émerger du brasier ». Cette créature, on finit par penser qu'il s'agissait simplement du pompier qui avait trouvé le gardien allongé, évanoui au milieu du jardin, simplement vêtu d'un caleçon et d'un T-shirt, de solides relents d'alcool émanant de son gosier. Ledit gardien, plus tard, avouerait ne pas vraiment se souvenir de cette infernale soirée.

Devenu Golem, Soryan Nesh avait sauvé ses deux employés, *in extremis*. Profitant de l'obscurité, il avait fui dans la campagne, avant de se métamorphoser de nouveau. Un vol de véhicule plus tard, le trio, en piteux état, s'était réfugié dans l'enceinte d'une plus vaste propriété : l'ensemble des pavillons connectés qui constituait la résidence familiale où vivaient en ce moment Marisol, Borja, Carlos et Inès Murillo.

Au premier canapé croisé, Soryan s'effondrait, pour ne se réveiller qu'après trente-six heures de sommeil, visiblement indemne, mais complètement déshydraté.

Une infirmière grassement payée par la famille s'était occupée de lui. Entre-temps, Thomas et Alexandra, qui ne souffraient que de légères brûlures et autres contusions, avaient mis au courant leurs quatre employeurs sur les détails de cette funeste nuit. Marisol, Borja, Carlos et Inès s'étaient mis d'accord pour ne rien ébruiter pour le moment. Mais, selon Alex, Soryan Nesh allait devoir leur rendre des comptes.

— Grumpf, tu leur as vraiment tout balancé ? demanda l'Indien à son assistante. Le temple reconstitué, le Golem, et même le globe sombre subtilisé par Lupin ?… Tu as encore été trop bavarde, Alex. Combien de fois devrai-je te répéter qu'un bon détective doit savoir retenir ses informations avant d'assembler tous les faits de son enquête ?

— Ah, vous n'aviez qu'à être là, aussi ! Et puis, je vous rappelle qu'ils viennent de perdre leur frère le plus âgé ! D'accord, ils ne l'appréciaient pas et ce sentiment était amplement réciproque. N'empêche ! Ils sont en deuil, et on se trouvait juste sous son toit, quand tout est arrivé !

La remarque cloua le bec de Soryan, qui finit par demander, à voix basse, dans quelle mesure leur intrusion chez le défunt couple n'avait pas, même indirectement, provoqué la catastrophe. Alexandra le rassura un peu, en prononçant un non catégorique. Selon ce qu'elle savait, le feu s'était forcément déclaré avant le vol du globe par Lupin, ou même leur bidouillage des installations électriques. Si elle n'avait ensuite rien ressenti de l'asphyxie du malheureux couple, c'était à cause des intenses et atroces vibrations qui l'avaient assaillie, aux alentours du temple recomposé.

— Et puis, vous ne vous êtes pas flanqué cette malédiction tout seul ! D'accord, vous avez joué un sale tour à Inès, il y a quelques années, mais là, ce n'est pas pareil. Ce que l'on a vécu m'a fait réfléchir : cette garce vous met en constant danger de mort, et nous avec. Tout cela doit cesser !

Soryan Nesh ne put qu'acquiescer.

— Très franchement, je ne sais pas si je saurai tenir le rythme de cette enquête… Nous ne sommes pas ici depuis longtemps, mais l'utilisation du numéro 33 m'a épuisé. Et surtout, j'ai bien failli y passer, à trois reprises ! Le « Nesh Spécial » m'a malheureusement laissé exsangue. Je pense que personne, pas même un caméléon comme moi, n'est censé frôler la mort autant de fois de suite !

Il finit par se lever et, dans un nouveau grognement, exprima la volonté de prendre une douche. Les Murillo avaient en effet fini par leur accorder le privilège de résider chez eux. Sans aucun regret, le trio avait donc quitté les miteuses chambres d'hôtel louées à San Sebastián pour profiter du luxe de la propriété familiale et des somptueuses piscines, qui les aidaient à supporter la canicule.

— Au fait, Thomas n'est pas là ?

— Il est sur la terrasse, en train de poursuivre ses recherches sur le globe subtilisé. Selon lui, le matériau utilisé pour sa conception est, je le cite, « grave over étrange ». Extrêmement léger, mais solide et massif à la fois. Cela ne ressemble à aucun alliage connu. D'ailleurs, d'après ce que j'ai lu dans les journaux, les globes ont résisté à l'incendie et à l'effondrement de la propriété d'Armando. Il s'agit des seuls objets intacts, retrouvés dans les décombres. Un peu dingue, non ?... Ah, et sinon, selon nos clients, la malédiction Murillo bat son plein. Vous vous en doutez peut-être, mais vous n'êtes pas le seul à avoir failli rejoindre Armando et Viviane dans la tombe, ces derniers temps...

D'après les dires des frères et sœurs Murillo, chacun d'entre eux avait récemment connu de funestes mésaventures. Marisol l'architecte, se baignant dans la mer, s'était soudain trouvée nez à nez avec un grand requin-marteau affamé, espèce qu'il était impossible, en toute logique, de croiser dans le secteur. Un peu plus tôt, Borja le journaliste avait bien failli périr lorsque les freins de sa Mercedes, qu'il venait pourtant de faire réviser, avaient soudain lâché au détour d'une pente, pour lui offrir un fracassant dérapage dans la vitrine d'un vieux magasin abandonné. Le bourru Carlos, en visite sur un chantier, avait vu un échafaudage lui tomber dessus. Alertés par ses cris, ses ouvriers l'avaient sorti des décombres, miraculeusement sain et sauf.

Seule Inès, restée à la propriété familiale, semblait

avoir été épargnée par la brutale vague d'incidents fâcheux.

— Affaire en cours ou pas, 'va vraiment falloir trouver un moyen pour se tirer de ce guêpier ! s'exclama Soryan, éprouvé.

Alex, Thomas et Soryan Nesh se permirent chacun une douche, puis engloutirent un brunch. Un peu plus tard, ils firent de nouveau face aux quatre héritiers de la fortune Murillo. Depuis leur dernier entretien, chaque membre de la famille avait dressé une liste de suspects. Ensemble, ils en firent la synthèse, à la lumière des récents événements.

L'entrevue fut mouvementée, les échanges vifs, l'ambiance électrique.

Il fut d'abord question de la passion d'Armando pour les civilisations anciennes, surtout les plus obscures, car cet aspect de sa personnalité semblait être à l'origine de tous les récents problèmes, comme le souligna Soryan.

— Clairement, le globe creux volé chez lui nous renvoie à tous les cauchemars que nous subissons. En déplaçant et en reconstituant le temple dans sa demeure, on peut aisément conclure qu'Armando a réveillé une sorte d'entité, et pas des plus amicales ! La question est la suivante : l'opération était-elle volontaire ?... En d'autres termes : votre frère a-t-il souhaité vous nuire à tous ?

— Pfff, *es posible*, intervint Carlos, qui portait le bras gauche en écharpe. Nous insulter était un de ses passe-temps favoris. Nos parents n'étaient pas épargnés... Ce sale ingrat ! Comme s'il avait acquis quoi que ce soit, autrement que par leurs efforts !

Sans cérémonie, il cracha à terre.

« En voilà au moins un qui ne regrette absolument pas le sort de son frère », songea Thomas. Ce qui lui fit froid dans le dos.

— Armando n'était pas un fou mystique, précisa Borja, plus modéré. Ou alors, il a toujours bien caché son jeu… Et je ne pense pas me tromper, en présumant Viviane innocente de tout cela. Nous connaissions tous la fascination de notre frère pour les vieilles civilisations… Mais, de là à imaginer la transposition d'une salle rituelle issue d'un obscur et ténébreux temple d'Asie, franchement !…

Comme pour souligner son désarroi, il se lissa la moustache, grimaçant au passage à cause des nombreuses ecchymoses qui, depuis son accident de voiture, émaillaient son visage.

— Lui et moi avons parfois parlé sorcellerie, dans notre adolescence, avoua Inès. Mais pas depuis. Je le voyais davantage comme un théoricien, non comme un pratiquant.

Marisol jouait nerveusement avec son collier de perles. Excédée, elle finit par se tourner vers sa jeune sœur.

— Et voilà où nous en sommes, maintenant, avec vos histoires de magie noire ! explosa-t-elle. Papa et maman n'ont jamais approuvé. S'ils étaient encore là, tu en recevrais pour ton grade, *niña sucia* !

— Je ne pratique pas la magie noire et ce n'est pas moi qui ai lancé cette malédiction sur notre famille, énonça très calmement Inès, en soutenant le regard de son aînée.

— À ce qu'on en sait !

— Allons allons, les filles, intervint Borja, pour calmer le jeu, l'idée n'est pas de nous entre-déchirer, mais plutôt de faire front face au mal qui nous frappe.

— C'est vrai qu'on a toujours été remarquablement doués pour construire quelque chose ensemble, sans se taper dessus ! s'exclama Carlos, ironique.

Soryan Nesh, les index joints, posés sur les lèvres, considéra alternativement ses quatre clients.

— Quoi qu'il en soit, si c'est bien Armando qui a provoqué tout ceci, l'opération s'est méchamment retournée contre lui ! Nous devons en savoir davantage sur ce temple reconstitué… et maintenant effondré. Il va falloir interroger les anciens employés des deux défunts, car ils ont peut-être assisté à quelques scènes marquantes ou bribes de conversations sur le sujet. Et puis, la reconstitution d'un temple, ce n'est pas une mince affaire ! Sans compter l'aspect très certainement illégal de l'opération.

Dans les minutes suivantes, le groupe en vint à évoquer les suspects potentiels demandés quelques jours auparavant par Soryan, récemment listés depuis et écrits noir sur blanc. La liste parut à l'enquêteur aussi longue que l'un des bras du Golem d'argile. Était-il possible qu'une tierce personne soit à l'origine de tout ceci ? Armando la fréquentait-elle ?

Il avait bien fallu qu'il passe par une firme quelconque, pour déplacer le monument chez lui. Sans doute devait-on chercher dans cette direction. Deux noms, parmi ceux de la liste, avaient pu servir de contact à Armando. L'un d'eux était un Allemand, Gustav Tomann, qui travaillait jadis pour l'entreprise de bâtiment familiale, avant d'être mis à la porte pour détournement de fonds. L'autre était une redoutable quadragénaire, Carolina Aguilar, féroce concurrente de l'empire Murillo, et que l'on avait déjà vue parler au fils renégat de la famille.

En fin de conversation, l'on aborda le délicat sujet de la santé de Soryan. Alexandra elle-même monta au créneau, avançant qu'il était impossible de travailler efficacement dans de si dangereuses conditions.

Intraitable, la vénéneuse Inès ne voulut rien entendre. Elle croisa les bras sur sa robe provocante et fendue, avant de toiser l'Indien.

— Non ! À la seconde où je t'explique comment je suis parvenue à t'inclure dans la malédiction, tu agiras comme à ton habitude, Soryan, et tu sortiras bien vite de ce « guêpier » comme tu l'appelles, pour ne plus jamais t'intéresser à nous !

L'utilisation de ce terme n'était pas un hasard, bien sûr. Alexandra, interdite, devina que l'Espagnole avait tout entendu de leur conversation, un peu plus tôt. Elle se souvint qu'alors, les fenêtres de leur pavillon s'étaient trouvées grandes ouvertes et sans doute un domestique en faction avait pris grand soin de tout répéter à la sorcière. Loger chez les Murillo affectait donc leur indépendance.

— Tu ne manques pas de ressources, Soryan, continua la brunette, et de nous tous, tu es sans doute le seul qui possède une minuscule chance de t'en tirer vivant ! Si tu le souhaites, nous triplons ton salaire, déjà fort confortable sur cette affaire... Mais cela implique que tu cesses immédiatement cette vaine tentative de changement de termes, concernant notre contrat.

Le visage de Soryan Nesh, tendu et fermé, passait en revue les options qui s'offraient à lui.

Alexandra le connaissait suffisamment pour deviner qu'à cet instant même, il évaluait les risques d'une confrontation frontale, ou même indirecte, entre la brune sorcière et lui. Sa main bandée se crispa nerveusement sur l'accoudoir de son siège.

Un moment, elle s'attendit à le voir bondir, saisir un masque, neutraliser Carlos, Borja, Marisol, peut-être tous les domestiques qui allaient leur prêter main-forte, pour enfin obliger Inès, seule et vaincue, à le libérer illico de ce sortilège qui le mettait en danger chaque seconde davantage. Dans son épaisse mallette, il possédait les armes qu'il fallait pour cela.

Le moment d'indécision dura quelques secondes et la tension, palpable, soulignait dramatiquement une situation prête à exploser.

Mais finalement, son corps entier se détendit, il redressa les épaules, et un sourire vint même animer son visage amusé.

— Toujours aussi piquante, *cariño*… Très bien, j'accepte tes nouvelles conditions. Un versement maintenant, sur le compte que je vous ai déjà donné… Cela comprend les jours déjà passés sur cette affaire complètement folle. Et nous ne parlons plus de tout cela, avant que je ne vous apporte du nouveau.

Lorsque l'entrevue eut pris fin et que les membres de l'Agence 100 Visages eurent rejoint leurs appartements, Alexandra exprima vivement son désaccord.

— Je pense que vous avez eu tort, Soryan. Vous n'auriez rien dû lâcher !

— Je te comprends, Alex, admit-il en haussant les épaules. Les méthodes employées sont injurieuses, évidemment. Mais je dois bien t'avouer qu'une telle somme, ça va nous faire un bien fou !

Resté silencieux lors des négociations, Thomas ajouta son grain de sel.

— Mouais, enfin, je ne vois pas trop l'intérêt de cette somme, si vous n'êtes pas vivant ensuite pour en profiter !

Alex jeta à son patron un regard en coin.

— Non, il y a autre chose, insista-t-elle. Ce n'est pas seulement l'argent. Qu'est-ce qu'il s'est passé, entre Inès et vous ? Vous êtes tombé amoureux d'elle, à l'époque, ou bien… ?

Face à ces allégations, Soryan se mit à rire de bon cœur.

— Moi ? Amoureux ?… Décidément, tu sembles y tenir, Alex. Dans ce domaine particulier, ton imagination ne connaît aucune limite.

— Bah, c'est vrai qu'elle est canon, convint Thomas.

Cette remarque acheva d'enflammer la colère d'Alexandra. Elle considéra Thomas d'un air supérieur, empreint d'un soudain mépris que le garçon ne perçut pas tout de suite.

— Je suis désolé, mais c'est la vérité, non ?

D'un pas vif, Alexandra traversa la salle commune puis rejoignit sa chambre. Qu'elle verrouilla sèchement, pour ne plus la quitter de toute la soirée.

CHAPITRE 12

Le médium halluciné

Les jours suivants, Soryan et ses assistants s'employèrent d'abord à interroger tous les domestiques de la défunte branche de la famille Murillo.

Le vieux gardien, toujours perturbé par l'incendie et l'épisode du Golem, ne les reconnut absolument pas. Néanmoins, il leur apprit que l'industrielle, Carolina Aguilar, était déjà venue, à plusieurs reprises, rendre visite à Armando et Viviane. Ces entrevues avaient eu lieu avant, pendant et après l'arrivée de plusieurs camions transportant « une jolie collection d'antiquités, qu'ils ont mis plusieurs semaines à aménager dans la maison ».

Soryan comprit qu'il s'agissait du déplacement du temple. Ce que confirmèrent les recherches en ligne de Thomas, qui détecta le logo des entreprises Aguilar, dans une région de la Malaisie où le groupe dirigé par Carolina ne possédait normalement aucune filiale.

— Il y a une histoire de gros sous et de pots-de-vin là-dedans, avança l'adolescent. Ni vu ni connu, ils ont pillé ce vieux temple, dont les dirigeants locaux se fichaient royalement.

L'entretien avec le jardinier, méfiant et bourru, ne leur révéla rien de véritablement nouveau. Celui-ci prétendit ne leur parler qu'en basque, pour qu'ils cessent de l'importuner.

En revanche, les deux bonnes s'exprimèrent sur cette « horrible salle » où aucune d'elles n'était autorisée à entrer et qui, de ce qu'elles en avaient vu, leur « donnait des mauvais rêves ». Selon elles, Armando passait « beaucoup trop de temps enfermé là-dedans ».

Elles évoquèrent également le « couple Aguilar », mentionnant autant Carolina que son concubin, un dénommé Paolo Portillo-Deli.

— Et un type de plus à interroger, un ! nota Alex.

— D'autant que, d'après les potins en ligne, lui et Carolina se sont séparés il y a quelques mois, compléta Thomas. Ce qui nous donnera deux versions différentes de leurs visites chez les Murillo…

Un détail ennuyait Soryan : la morsure dans la pierre, sur l'autel étoilé de l'ancien temple reconstitué. D'après Alex, cet endroit précis du temple en avait été le point névralgique. Intuitivement, l'Indien sentait l'importance de cet élément. Qu'était-il arrivé aux figurines disparues, à ce que Lupin avait appelé la « ronde évanouie » ? La police n'était pas au courant. Et interroger le couple à ce sujet était désormais impossible… Quelqu'un avait-il pu avoir accès au temple recomposé, avant leur visite nocturne chez les Murillo, pour dérober les figurines, comme l'avait avancé Lupin… ou bien celles-ci s'étaient-elles perdues dans la nuit des temps ?

Pour l'heure, personne n'avait pu renseigner les membres de l'Agence sur l'énigmatique civilisation dépeinte sur les murs du temple, dont ne subsistaient désormais que quelques éclats, mis sous scellés par les autorités espagnoles, et donc impossibles à consulter pour le moment. Avant d'aller fouiner du côté des entreprises Aguilar, Soryan voulut chercher quelques réponses du côté du globe sombre arraché au temple, celui qui semblait issu de ses cauchemars.

Il lui fallut se préparer, mentalement, car, pour sonder les mystères de la sphère, il allait devoir endosser une nouvelle personnalité, qu'il n'avait pas encore testée. Aussi n'en connaissait-il ni l'efficacité, ni les limites. Tout juste savait-il que la personne qu'il allait brièvement devenir possédait la même passion qu'Armando : un penchant pour les civilisations obscures, éteintes et que l'on imaginait dangereuses.

Lors de cette expérimentation, la présence de ses assistants à ses côtés s'avérait vitale. En effet, Soryan s'attendait à confronter, en esprit tout du moins, la créature d'ombre qui hantait ses nuits et paraissait l'attendre patiemment aux confluents des constellations et de la fin annoncée de sa vie.

Plutôt que de simplement subir la malédiction, l'enquêteur avait décidé de prendre les devants et de la titiller sur son terrain. Aussi passa-t-il, ce soir-là, deux bonnes heures à effectuer ce qu'il ne faisait presque jamais, malgré les enseignements qu'il avait jadis reçus.

Assis en tailleur, il vida totalement son esprit et se mit à méditer.

Sa garde ainsi baissée, il s'attendit à ce que le malheur

le frappe de nouveau, qu'un mur soudain s'effondre et lui brise les os, qu'un tigre échappé du zoo bondisse dans la pièce et le dévore, qu'un satellite russe tombe tout droit des étoiles pour aussitôt l'écrabouiller.

Mais non, rien.

Heureusement pour lui, la malédiction Murillo s'était montrée assez belle joueuse pour lui permettre de lever le pied, et même les deux.

Confiant, solide, reposé, physiquement et mentalement gonflé à bloc, il grimpa jusqu'à la terrasse, tandis que, sur l'immense et richissime villa, la nuit basque s'était étendue.

Le globe l'attendait, au centre d'une table basse ornée de bougies. Et ses assistants, à qui il avait donné rendez-vous sous les étoiles à cette heure très précise, se tenaient déjà assis en tailleur, derrière l'objet.

— Eh bien, commençons, dit-il.

Avec des gestes mesurés, il ouvrit la vaste mallette qui renfermait sa collection de trésors, et en sortit une vieille clé d'argent griffée de runes. Très vite, il tint cette étrange clé serrée dans la paume de sa main droite, au pansement légèrement écarté.

Une série de passes magiques lui permirent d'incarner Randolph Carter, écrivain et investigateur, spécialiste d'effrayantes (mais hypothétiques) peuplades antédiluviennes. Ces créatures mythiques et monstrueuses, il prétendait avoir eu l'honneur et l'horreur de s'y trouver confronté, à de nombreuses et périlleuses reprises.

Maigre, pâle malgré sa peau brune, le visage long, les cheveux en arrière, les traits émaciés et les yeux creusés par les insomnies, Randolph Carter ajusta une paire de lunettes rondes, sortie de nulle part. L'homme paraissait maladif, marqué par les épreuves qu'il avait dû traverser au cours de son existence passée.

D'un geste mécanique, il s'apprêta à toucher la sphère de l'index. Mais un frisson le parcourut, et il se ravisa soudain. La tête rentrée dans les épaules, il affecta une mine indécise, regarda à droite, à gauche, comme s'il redoutait une présence dans son dos. Puis il finit par s'adresser aux deux adolescents qui étaient installés derrière l'idole, juste en face de lui.

— Excusez-moi, dit-il d'une voix pincée. Mais ma mémoire me joue des tours… Sommes-nous encore dans les environs de Boston ? À Arkham, peut-être ?

Tom et Alex s'entre-regardèrent. Cet étrange personnage allait-il vraiment les aider à progresser dans leur enquête ? Sa mine cireuse, ses tics nerveux et ses yeux fuyants évoquaient plus un patient tout droit sorti d'un asile, plutôt qu'un médium en pleine possession de ses facultés mentales.

— Nous menons une enquête, commença Thomas. Une histoire de malédiction, vous vous souvenez ?

— Nous avons besoin de vos compétences et de vos connaissances concernant une éventuelle civilisation oubliée, précisa Alex. Si vous pouviez juste… vous concentrer sur cet objet ? On n'a même pas trouvé quelle matière le constituait !

Comme s'il se rappelait soudain avoir été un enquêteur indien dans une autre vie, Randolph Carter écarquilla brièvement les yeux. Il serra la petite clé d'argent plus fermement encore, puis cette fois, son index rencontra le globe.

— Je vois… Je vois le cosmos, murmura-t-il, les yeux mi-clos. Des milliers et des milliers d'étoiles, qui sont les portes de lointaines galaxies.

— Oui, bon, moi aussi je vois le cosmos, se moqua Thomas à voix basse. On est à ciel ouvert, il suffit pour cela de lever un peu les yeux.

— Ces galaxies, trop lointaines pour que s'y rendent nos corps, se situent cependant à portée de nos esprits, pour peu que l'on prenne l'habit d'explorateur du monde des rêves… Je vois… des paysages qu'il me serait impossible de vous décrire précisément. Des allées somptueuses, des temples cyclopéens, de colossales et divines structures de marbre, reliées par des ponts finement ouvragés, et qui ont fait la fierté de civilisations impensables… Je vois… la grandiose, la splendide Kadath, cité du savoir et de l'harmonie céleste… Mais tout n'est que ruines, tout n'est que pénombre… Au cœur de ces merveilles règne désormais une désolation sans partage… Comme une nuit compacte, qui s'est abattue là où jadis résonnaient les trompettes et les luths.

Thomas mima le geste d'une cigarette, sur laquelle on tire frénétiquement. Une façon silencieuse de signifier à Alex : « Je ne sais pas ce que ce type a fumé, mais c'est du lourd ! » L'adolescente ramena une mèche de boucles brunes derrière son oreille, et se pencha légèrement en avant :

— Monsieur Carter, pourriez-vous vous montrer… un peu plus précis ? Ce que l'on cherche, c'est d'où provient ce globe, et quel effet il peut produire sur les vivants. Est-ce un artefact magique, ou bien… ?

Mais Randolph Carter ne paraissait pas l'écouter. En

totale transe, il évoqua encore la « grandeur évanouie de la céleste ville de Kadath », la titanesque « porte du profond sommeil aux battants entrouverts sur d'autres dimensions », « d'innombrables grognements qui s'élevaient du chaos dans les régions les plus obscures de l'imagination ». Enfin, il en vint à évoquer « les gigantesques dieux ultimes, entités ténébreuses et implacables, dont l'âme pétrifiante de noirceur annonce l'avènement du Vaste Chaos rampant ».

— Alors, c'est à cela que l'on paye ce type ? s'agaça une voix provenant de l'obscurité. À débiter des âneries qui ne nous aident en rien dans la résolution de nos maux ?

Sur la terrasse du bâtiment, trois silhouettes s'étaient invitées. Celle qui venait de parler, c'était Marisol. Les deux autres, Inès et Borja, encadraient leur aînée, qui s'impatientait. Des héritiers survivants de la famille Murillo, seul Carlos, en déplacement professionnel, manquait à l'appel.

— Laissons agir Soryan, modéra Inès. S'il a fait intervenir ce curieux savant, c'est que celui-ci possède certaines particularités utiles. Sur ce point, au moins, je lui fais confiance…

— Vous nous avez avertis de cette imminente expérience, dit Borja en s'adressant à Alex. J'espère que notre présence ne vous perturbe pas.

Si Alexandra s'empressa de lui assurer que leur arrivée ne les dérangeait absolument pas, les sourcils froncés, les tics nerveux redoublés, et la mine soudain crispée de Randolph Carter envoyaient clairement le message inverse. Thomas s'empressa de taquiner son amie à voix basse.

— Si c'était uniquement Soryan à nos côtés, et non ce médium chelou, il t'aurait encore reproché d'en avoir trop dit à nos employeurs.

— Ça va, on peut avoir des défauts, aussi !... Toi, tu possèdes bien des goûts esthétiques plus que douteux !

Thomas ne comprit pas d'emblée d'où venait cette pique. Puis il se souvint de sa remarque, sur la beauté d'Inès. Il s'apprêtait donc à répondre mais, à cet instant, la voix de Randolph Carter se fit plus grave, plus pressante.

— Je les discerne. Je les discerne, maintenant !... Des hommes et des femmes en communication directe avec ces lointaines étoiles et ces gouffres d'obscurité sans fond !

Chacun se tourna vers le médium. Lequel évoqua, dans un flot de paroles ininterrompues, le cœur de sa nouvelle vision. Il parla d'« un culte maudit », au creux « d'une civilisation au sud-est du continent asiatique, évanouie il y a plusieurs milliers d'années ».

D'épaisses gouttes de sueur coulaient du front ridé et tortueux de Randolph Carter, tandis qu'il affinait ses découvertes.

— Ces architectes oubliés, ces érudits primitifs, au savoir perdu... Ils sont ceux qui ont bâti le temple. Ceux qui ont sculpté les statues et retranscrit les rituels... Pour cela, ils ont utilisé un robuste matériau, importé des confins de l'univers, amené à nous par des visiteurs issus d'autres secteurs célestes.

Thomas secoua la tête.

— Euh... vous voulez dire que le globe et le temple ont été bâtis à partir... d'une roche extraterrestre ? Une météorite, peut-être ?

— Le temple, répéta Inès, nerveuse. Vous parlez bien de celui retrouvé chez Armando ?

— Tout ce savoir, il leur a été dicté, poursuivit le médium, sans directement leur répondre. Dicté dans leurs songes par une entité toute puissante, située par-delà les étoiles… C'est lui, le Grand Ancien ! Lui qui les a choisis, comme une passerelle entre son sommeil millénaire et notre monde qui attise sa faim !

— Quoi ?… Qu'est-ce qu'il raconte ? demanda Thomas, gagné par la fièvre communicative de Carter.

— Chut ! lui intima Alex.

Soudain, Carter se leva d'un bond. Ce geste fit sursauter tout le monde. Les yeux fixes, grands ouverts et rougis, il se mit à déclamer, d'un ton puissant :

— Des âmes offertes à sa magnificence. Un sacrifice qui apaise son insatiable appétit ! Voilà ce que nous sommes, pour lui ! Des proies dont il ronge l'énergie, l'existence et la raison ! Des insectes dévoués, tremblant devant son omnipotence, et qui lui servent de point d'ancrage dans notre réalité. Il est celui qui se glisse dans les tréfonds de l'âme humaine pour l'assujettir à sa volonté. Celui venu d'outre-réalité pour réécrire notre histoire. Celui qui nous dévorera tous, dans un sublime feu salvateur et sacré… YOG-SOTHOTH !

Ce dernier nom, il le hurla de toutes ses forces, devant une assemblée totalement médusée.

Puis, brusquement, le globe fusa, comme un missile propulsé. Il fendit la nuit espagnole, s'éleva de plusieurs dizaines de mètres, avant de décrire une courbe descendante, et plongea au fond de la piscine la plus proche, dans un immense panache d'eau.

Randolph Carter effectua un demi-tour sur lui-même, puis il retomba lourdement sur le sol, évanoui. Ses lunettes cerclées chutèrent à quelques centimètres de lui, et la clé d'argent qu'il tenait en main, soudain libérée, tinta sur le sol, dans une lueur bleutée.

Depuis le carrelage du fond de la piscine, abîmé par le fracassant atterrissage du globe, s'échappaient de multiples bulles et une vague d'intense chaleur, qui ne laissaient planer aucun doute : l'eau était en train de bouillir.

Alexandra se pressa aussitôt aux côtés de Soryan, pour vérifier qu'il vivait encore. Mais Inès Murillo, plus rapide, s'était déjà agenouillée et l'entourait de ses bras. Thomas, sceptique au début de l'expérimentation, se trouvait maintenant saisi par la prestation de Carter et par le vol plané du globe. Son corps entier se mit à trembler. Lui et Borja échangèrent un regard effaré, à mi-chemin entre la stupeur, l'incompréhension, et la sensation d'avoir assisté à un phénomène capital. Seule Marisol, restée plantée à sa place, demeurait totalement insensible à ce qu'elle qualifiait de « grande scène hystérique, jouée par un illuminé ». Toujours penchée au-dessus de Soryan Nesh, Inès Murillo secoua vivement la tête.

— Tu n'y entends rien en ce domaine, *hermana* ! Tu as vu ce globe voler ! Il y avait… de telles vibrations ! Jamais, de ma vie de sorcière, je n'avais ressenti cela.

Alexandra, qui ne portait pourtant pas Inès dans son cœur, fut bien obligée de concéder que la jeune femme était dans le vrai.

— Absolument ridicule ! s'entêta Marisol. Cet homme-caméléon est en train de nous enfumer avec sa savante mise en scène, en nous débitant des histoires à dormir debout ! Notre déveine aurait pour origine les tractations occultes d'une peuplade disparue il y a plusieurs milliers d'années, avec une pseudo-divinité venue de l'espace ? Et puis quoi, encore ? Une maladie inconnue, je veux bien ! Une malédiction contractée par notre taré de frère et qui affecte toute notre lignée, ça passe de justesse… Mais là, contrairement à vous tous, je ne suis pas prête à gober n'importe quoi !

Son frère Borja voulut la calmer, elle le repoussa brusquement, et quitta la terrasse en claquant des talons sur le sol. À quelques mètres d'eux, de la fumée s'échappait encore de la piscine, mais l'eau ne bouillonnait presque plus. Au centre d'un petit cratère, le globe sombre, intact, gisait au fond.

Le frère et la sœur de Marisol expliquèrent sa sortie, en évoquant son intégrité intellectuelle, qui la poussait forcément vers le rationnel. Et comment imaginer que les visions de Randolph Carter pussent détenir une once de vérité, en effet, sans voir alors sa propre raison basculer dans un monde soudain trop empreint de folie ?

Arrivée à son pavillon, Marisol enleva ses chaussures à hauts talons, jeta son collier de perles sur un mannequin, se servit une large dose de whisky depuis une carafe de cristal, puis s'installa face au très grand miroir de sa chambre, en sirotant son verre.

En réalité, de toutes les personnes ayant assisté au discours de Randolph Carter, Marisol Murillo avait été, et de loin, la plus affectée.

Ce genre de phénomènes paranormaux, si l'architecte les raillait publiquement, et ce depuis qu'elle avait été en âge d'exprimer une opinion, elle les craignait secrètement, car rien au monde ne la terrifiait plus que ce qu'elle ne savait s'expliquer.

Tremblante et épuisée, elle dégrafa son chemisier pour contempler, dans le miroir, l'immonde marque sombre apparue quelque temps auparavant, qui ravageait son corps trop maigre mais encore attirant, et qui refusait obstinément de la quitter.

— Est-ce que l'on est tous condamnés à mourir ? osa-t-elle formuler, à voix haute. Oh ! Armando... Mais qu'est-ce que tu nous as fait ?...

Un moment, son cœur s'emballa. Car elle avait bien cru voir une autre silhouette dans le reflet de son miroir. Mais non. Elle était seule. Seule et effrayée, voilà tout... Secouant la tête, elle avala une longue rasade de whisky.

Était-ce l'effet de l'alcool, ou bien son extrême nervosité ?

Dans le miroir, en face d'elle, son reflet s'était métamorphosé. À sa place luisait un globe noir. Une planète parée d'ombre, aux légères excroissances, et qui, pour la première fois, paraissait se déployer.

L'image, alors, se constella d'une myriade d'étoiles, qui figuraient une immensité cosmique à l'amplitude insondable.

Afin d'échapper à ce vilain tour joué par son imagination, Marisol détourna le regard. Pour se rendre compte, épouvantée, que les étoiles s'étaient emparées de sa chambre, et qu'elle flottait dans l'espace. Dans l'espace, mais également au fond d'une piscine en ébullition, où elle se trouvait emprisonnée, incapable de respirer.

Marisol hurla en silence.

Elle battit des poings, rencontra partout un mur invisible, compact, oppressant, une prison sphérique qui l'empêchait désormais de bouger. Elle paniquait. Elle suffoquait. Si seulement il lui était possible de reprendre son souffle !

Des milliers de bulles se formaient et s'envolaient autour de sa silhouette devenue pesante. Elles se dirigeaient toutes vers l'air, quand elle demeurait plombée, coincée dans sa minuscule geôle circulaire au fin fond de l'eau. Elle hurlait, criait au secours, usait ses toutes dernières forces. Mais qui pouvait avoir l'idée insensée de venir la repêcher dans cette piscine où elle était en train de se noyer ?

La planète sombre, celle du globe, celle de ses cauchemars les plus terrifiants, se trouvait désormais à côté d'elle.

De ce côté, sombre et glaçant, de la réalité.

De ses innombrables bouches, elle parut adresser un sourire carnassier à Marisol.

Puis elle dévora son âme, pour n'en rien laisser.

CHAPITRE 13

La dame de titane dans la tour de verre

Le cadavre de Marisol fut trouvé le lendemain matin, par une jeune domestique qui alerta toute la propriété de ses cris perçants.

Allongée face à un miroir qu'elle avait brisé de ses poings sanglants, elle paraissait avoir suffoqué, puis s'être débattue avant de rendre son dernier souffle. Certains symptômes étaient ceux de la noyade, car on retrouva beaucoup trop d'eau dans ses poumons.

Les circonstances de sa mort soulevant de très nombreuses questions, les autorités interrogèrent toute la maisonnée Murillo, y compris les trois membres de l'Agence 100 Visages, lesquels durent justifier leur présence en ces lieux. On conclut à une violente crise cardiaque, plutôt qu'à un suicide ou même un meurtre. Car même si Borja, Carlos et Inès évoquèrent une malédiction, peu d'inspecteurs de police furent enclins à suivre leur raisonnement perturbé. Soryan, Alex et Tom furent largement considérés, au mieux, comme des originaux, au pire comme des vautours cherchant à profiter de la fortune d'une famille frappée par le deuil à deux reprises. On toléra encore leur présence dans les parages, mais en les incitant fortement à bientôt plier bagage.

— De toute façon, cette histoire prend une tournure extrêmement déplaisante, jugea Soryan, lorsque les trois membres de l'Agence se trouvèrent seuls. Je ne vais pas attendre que toute la famille Murillo y passe, alors on va s'activer pour annuler cette sale malédiction, et fissa !

Plus abattue que lui, Alexandra ne partageait pas la même énergie.

— C'est terrible, se morigéna-t-elle. Pour Marisol non plus, je n'ai rien pu faire ! Elle est morte à quelques mètres de moi, et je n'ai rien senti de sa détresse ! Tu parles d'une spirite…

— Au cas où tu n'aurais pas remarqué, dit Soryan, nous nous trouvons cette fois confrontés à un adversaire dont la puissance et les capacités nous dépassent. Si nous devons croire les déclarations hallucinées de Randolph Carter, nous voilà face à une sorte de déité antique, planquée au fin fond du cosmos et de nos cauchemars. Alors, franchement, tu ne peux pas t'en vouloir !… Tu sais, chaque fois que je replonge dans les délirantes visions du numéro 46, j'ai l'impression d'aussitôt devenir frappadingue. Franchement, je n'y ai pas compris grand-chose. Mais tout ce qu'il a décrit, il le voyait vraiment !

— Oui, enfin… Il doit bien exister un moyen de tout résoudre, sans forcément aller défier une abomination issue d'une galaxie lointaine, très lointaine, tenta Thomas. Non ?

Le silence des deux autres enquêteurs face à sa

remarque pleine d'espoir ne rassura guère le jeune garçon.

Malgré les derniers événements, il fallut reprendre le fil rationnel de l'enquête. Et celui-ci, pour le moment, menait à Carolina Aguilar et Paolo Portillo-Deli. La première se trouvait à la tête de l'entreprise qui avait déplacé le temple recomposé. Quant au second, Thomas avait récemment trouvé plusieurs clichés sur internet le mettant en scène.

— Hé ! mais on l'a déjà vu, ce type ! commenta Alex. Sur les murs du salon d'Armando et de Viviane Murillo. Sur les photographies !

— Oui, confirma Soryan Nesh. Ce Paolo était effectivement un grand ami de cette partie de la famille. La piste est à creuser…

Pour relever des indices qui auraient pu jusque-là lui avoir échappé, Soryan pensa utiliser le masque numéro 8, celui de Sherlock Holmes. L'opération, malheureusement, s'avéra catastrophique, car le célèbre détective, obsédé par Moriarty, se mit une nouvelle fois à bondir en tous sens. Puis il chercha à s'enfuir, comme il avait tenté de le faire quelques semaines plus tôt, à Paris. C'est Thomas, cette fois, qui arracha ce masque rétif du visage de son patron, au prix d'un très vilain coup sur la joue.

Dans l'opération, la loupe qui permettait à Soryan de devenir Sherlock Holmes avait été abîmée. Le verre se divisait désormais en quatre parties qui menaçaient de se séparer, à tout jamais.

— Voilà qui reflète l'état de ce pauvre masque, déplora Soryan Nesh à bout de souffle, en proie à une migraine atroce. À croire que je m'en suis trop servi par le passé… Yun-Lin m'avait prévenu : pour elle, utiliser ce bon Sherlock revient désormais à de l'acharnement thérapeutique.

Thomas bondit sur la remarque.

— Ah bon ! parce qu'en plus de vous sauver la mise quand vous êtes sur le point de clamser, votre copine Yun-Lin s'occupe également de l'entretien de vos antiquités ?

À la mine figée de l'Indien, Thomas comprit que celui-ci jugeait en avoir trop dit. Aidé d'Alex, l'adolescent tenta de le cuisiner sur le sujet. Mais Soryan ne lâcha plus rien du tout, et en vint bientôt à les menacer de les renvoyer illico en France, s'ils lui posaient d'autres questions que celles relatives à l'affaire Murillo.

Soryan Nesh parvint à approcher Carolina Aguilar un peu après les funérailles de Marisol. L'industrielle concurrente de ses clients lui donna rendez-vous au siège de son entreprise, par un brûlant après-midi. Paolo Portillo-Deli, quant à lui, demeurait injoignable. D'après ses proches, le trentenaire, qui venait de fonder sa propre compagnie, se trouvait sans doute en déplacement pour conclure une affaire à l'étranger.

Son entreprise de bâtiment n'en était qu'à ses balbutiements. Elle ne possédait pas encore l'envergure des géants Aguilar et Murillo. Mais Paolo Portillo-Deli, d'après les informations récoltées en ligne par Thomas, avait les dents longues. À plus ou moins long terme, il visait à batailler avec les grands groupes qu'il enviait publiquement. L'homme paraissait posséder suffisamment de ressources et de charisme, pour cela.

Des trois membres de l'Agence 100 Visages, seul

Soryan Nesh fut autorisé à approcher Carolina Aguilar. Elle le reçut, en personne, dans l'un des immenses et luxueux bureaux de sa tour de verre, située en plein milieu du quartier le plus chic de San Sebastián. L'entretien se déroula intégralement en espagnol, ce qui ne gêna pas vraiment Soryan.

De ce qu'il avait entendu d'elle, ou de ce que Thomas lui avait fait lire, Carolina Aguilar possédait une réputation de femme d'affaires implacable. On l'appelait la « dame de titane », car elle avait su résister à plusieurs O.P.A. et diverses tentatives d'évincement. Persistante, elle savait mener savamment sa barque face à ses actionnaires, et toujours proposer des choix audacieux, qui s'avéraient payants. Devenue un atout incontournable, elle avait multiplié par mille les profits de son entreprise, en une petite dizaine d'années.

La silhouette affermie dans un coûteux tailleur, mais sans signe tapageur de richesse, la quarantenaire teinte en blonde et tirée à quatre épingles savait mettre à l'aise n'importe qui. Lorsque Soryan Nesh évoqua ses différends avec la famille Murillo, elle ne mâcha pas ses mots.

— Aucune éthique ! Aucune classe ! Et un respect de leurs employés proche de zéro !… Bon, je parle surtout de ce gros lourdaud de Carlos, parce que c'est en concurrence avec ce primate que je me retrouve souvent. Ah ! ça, dans le genre gorille, le bonhomme se pose là ! Il vitupère, il intimide !… Saviez-vous qu'il a déjà utilisé des hommes de la pègre, pour nous faire perdre des contrats, ou saboter des chantiers ?

Carolina ne possédait aucune preuve concrète de ses dires, mais l'on ne pouvait s'empêcher de prêter foi aux accusations de cette businesswoman, entière jusque dans ses coups de gueule.

Elle avoua sans détour s'être approchée un moment d'Armando et de Viviane, dans le but de porter quelques coups à l'empire Murillo, aux endroits où cela pouvait faire mal.

— Armando m'a renseigné, cela m'a permis de leur piquer pas mal de clients, je ne m'en cache plus !… J'ai moins de choses à prouver, maintenant. Ma colère passée, j'ai continué à fréquenter Armando et Viviane. Je leur ai même présenté certaines de mes conquêtes…

De nature volage, Carolina Aguilar ne s'était jamais vraiment fixée. Quand Soryan Nesh lui parla de Paolo Portillo-Deli, un homme plus jeune qu'elle, de presque vingt ans, la femme d'affaires afficha un large sourire.

— Un type à l'avenir prometteur, et l'un de mes plus beaux, hum… trophées. C'est fini entre nous, maintenant, je m'en suis lassée. Et puis, Paolo profitait surtout de mes contacts. Ses manœuvres sont devenues harassantes. Cela étant dit, ce jeune loup a du charisme, et il peut aller très loin ! Il est prêt à tout, pour entrer dans les bonnes grâces des gens fortunés. Vous voyez ce que je veux dire…

— Hum, j'ai de l'imagination. Alors, ça ira…

— Viviane Murillo m'a reproché de ne plus l'emmener, lors de nos soirées. D'autant que lui et Armando paraissaient *extrêmement* bien s'entendre. Ils pouvaient parler durant des heures de civilisations perdues, dont tout le monde à part eux se fichait !

Soryan Nesh, poli mais direct, en vint à évoquer l'affaire du temple démantelé en Malaisie, affaire sur laquelle, mystérieusement, aucune association de préservation du patrimoine mondial ne s'était penchée.

— Voilà justement le genre de combines arrangées par Paolo !... Cette opération remonte à une grosse année, et lorsque j'en ai eu vent, cela ne m'a guère plu.

Selon ses dires, son ancien amant avait arrangé l'opération pour faire plaisir à Armando. Il s'agissait de ce qu'elle appelait « un caprice de grand enfant riche », qui lui avait valu « énormément de soucis ».

Lors d'un trek en Asie organisé par les entreprises Aguilar, Armando et Viviane Murillo étaient selon elle tombés, par hasard, sur cet endroit, préservé des pillards et de l'érosion. Sur place, Viviane avait fait un malaise, et on l'avait rapatriée. Mais pas Armando. Pas du tout.

Tombé amoureux du lieu, il avait acheté ce qu'il avait pu, en graissant la patte de quelques hauts fonctionnaires.

Pour s'emparer de ces trésors, il avait fait appel à Paolo. Malheureusement pour eux, l'affaire avait fuité, éclaboussant un peu les entreprises Aguilar au passage. Carolina prétendit avoir passé à Paolo, alors toujours employé par elle, « un sacré savon ». Par la suite cependant, elle s'était désintéressée de la mésaventure, des affaires plus pressantes l'appelaient loin de ces vieilles pierres auxquelles elle n'entendait rien. Et puis, Armando Murillo avait ses propres contacts avec la police de San Sebastián. Il savait à qui s'adresser pour que l'on regarde ailleurs. L'enfant gâté avait donc eu ce qu'il avait souhaité. Mais avec la malchance qui s'était ensuivie, et qui lui avait tout coûté, jusqu'à la vie...

Lorsqu'il devait repenser, plus tard, à cette histoire de jeune amant et de temple déplacé, Soryan se souvint que Carolina s'était comportée plus nerveusement que de coutume. Ce qui, à son humble avis, signifiait qu'elle avait conservé quelques secrets. Concernant ses sentiments envers Paolo, par exemple, l'enquêteur savait qu'elle avait menti. Soryan ne pensait pas que la businesswoman s'était « lassée » du jeune homme. Mais plutôt, à son air blessé, que le jeune industriel aux dents longues l'avait quittée. Il allait falloir confronter le témoignage de Paolo avec le sien, pour se faire une idée plus précise de toute cette histoire.

Au moment de prendre congé, Soryan Nesh, déférent, serra chaleureusement la main de la femme d'affaires.

— *Señora*, merci de m'avoir accordé autant de votre précieux temps. Vous n'étiez pas obligée de raconter tout cela à une petite agence d'investigateurs privés. D'autant que vous ne nous avez jamais demandé pour qui nous travaillions. Puis-je juste connaître… la raison de votre aide ? Et n'insultez pas mon intelligence en me faisant croire que vous n'y gagnez rien.

Entre les deux interlocuteurs, il y eut un moment de silence et un intense échange de regards, qui finirent en un double sourire entendu, de part et d'autre de la poignée de mains.

— Qu'est-ce que vous croyez ? finit par avouer Carolina Aguilar. Les questions que vous m'avez posées m'indiquent quels problèmes pressants tourmentent mes principaux concurrents. Et il est toujours bon de connaître les points faibles de ses adversaires, car je sais de source sûre que vous travaillez pour les Murillo, bien entendu. Alors, dites-moi, puisque nous avons fait tomber les masques… cette marque sur leur plexus, ils la possèdent tous ? Cela veut-il dire… qu'ils vont tous y passer ?

— Pas si j'ai mon mot à dire à ce sujet, répondit Soryan

Nesh, imperturbable. Et vous avez découvert cela… par Armando ?

— Vous n'avez pas idée des renseignements que l'on peut obtenir, lorsque l'on glisse quelques billets aux employés de maison fidèlement campés à leur poste, mais méprisés depuis de longues années.

— Oh ! vous avez donc vos espions sur place…

— Je ne les qualifierais pas d'espions, plutôt de sources d'informations occasionnelles. Et puis, cette marque m'intrigue depuis un moment… Savez-vous quand je l'ai vue, pour la première fois ?

— Je suis certain que vous allez me surprendre…

— Elle se trouvait sur le plexus de monsieur Murillo père. Je l'avais remarquée, juste après nos ébats… Trois jours plus tard, il devait avoir cet accident fatal, en compagnie de sa femme. Accident qui remonte maintenant à un an environ… Intriguant, n'est-ce pas ?

Soryan Nesh marqua un temps d'arrêt.

— Vous avez l'air surpris, monsieur Nesh… Mais votre étonnement vient-il de la marque découverte sur monsieur Murillo père, ou de notre liaison ?

— Franchement, un peu des deux !

— Vous savez, les hommes de cette famille semblent tous éprouver un faible pour les blondes glaciales, qui cachent bien leur jeu.

— La femme de Borja n'est pas blonde, mais celle d'Armando l'était… Vous voulez parler de Carlos ?… Lui aussi, il est tombé dans vos filets ?

Carolina Aguilar sourit en silence. Puis elle prit une pose provocante.

— Oh ! ça, il aurait bien aimé…

Seul dans l'ascenseur, Soryan Nesh repassa en revue les différents moments de l'entretien, minutieusement. Ainsi, Carolina Aguilar avait été l'amante du fondateur de la fortune Murillo… Cette aventure, à qui bénéficiait-elle ?… Quelles en avaient été la part de sentiments, la part de stratégie, entre deux redoutables adversaires en affaires ? Et puis, il y avait cette longue et blessante liaison, avec l'injoignable Paolo…

Enfin et surtout, quelle était la place de la malédiction, dans tout cela ? Si la marque s'était trouvée visible chez monsieur Murillo père, un an auparavant, de quand datait cette apparition précoce, au juste ? Ce funeste phénomène pouvait-il avoir causé la disparition prématurée du patriarche et de sa femme, comme il venait de condamner Armando et Marisol ?

Au fur et à mesure que l'affaire prenait une tournure plus complexe fleurissait dans son sillage un certain nombre de points d'interrogation.

Il en était là de ses réflexions, lorsque quelque chose dans l'ascenseur fonctionna mal. Il y eut un choc, suivi d'un grésillement, suivi d'un court-circuit, suivi d'une panne de courant. L'ascenseur s'arrêta net.

— Ah, non ! Que se passe-t-il, encore ?…

De mauvaise humeur, l'enquêteur s'apprêta à appuyer sur le bouton du signal d'urgence. Mais il ressentit un second choc, beaucoup plus violent que le précédent. Quelque chose se rompit.

Peu après, l'ascenseur bascula, et plongea dans le vide.

CHAPITRE 14

ACCÉLÉRATION

Alexandra Huxley effaça le cercle de craie parsemé de runes qu'elle avait tracé sur le sol. Elle éteignit les bougies, rassembla ses artefacts, fourra le tout dans le sac qu'elle plaça en bandoulière, puis se releva. Alors, elle prit une profonde inspiration et quitta sa chambre.

Traversant la propriété Murillo, elle rencontra deux domestiques, une mère et sa fille, qu'elle salua. Elle s'engagea sur un chemin en pente, bordé de buissons de jasmin et d'oranger, odorants, savamment taillés. Le sentier la mena à une porte blanche, récemment décorée à la main de symboles dorés. Elle reconnut certaines de ces runes, pour les avoir dessinées elle-même à de multiples occasions. D'autres signes, en revanche, lui étaient parfaitement étrangers. Elle hocha silencieusement la tête : cette découverte la conforta dans l'impulsion première qui l'avait poussée à se rendre jusqu'ici.

La jeune fille rejeta une mèche de cheveux en arrière, puis toqua à la porte. Quelques paroles étouffées lui parvinrent, dont elle ne comprit pas le sens. Ne sachant s'il s'agissait d'une invitation à entrer, elle patienta quelques secondes supplémentaires. Mais rien d'autre ne se produisit. La porte n'était pas fermée à clé. Alexandra finit par la pousser, en s'excusant.

— Hum, bonjour. Je suis venue... vous proposer quelque chose.

Alexandra ne poursuivit pas son argument préparé à l'avance, car lorsqu'elle entra, le hall était désert. Toussant bruyamment pour signaler sa présence, elle progressa jusqu'au salon en parfait désordre. Alex comprit immédiatement qu'un accident venait de s'y produire, puisqu'un téléviseur, tombé à terre, gisait sur une table basse, elle-même fracassée. Au mur se dessinaient de larges taches noires, les traces d'un début d'incendie que l'on venait de maîtriser.

Alors parut un petit garçon. L'enfant, de cinq ou six ans, avait le regard vif. Visiblement, il ne s'attendait pas à croiser une inconnue. Il tomba en arrêt, sa bouche formant une mimique d'étonnement.

— Hey, dit l'adolescente, dans un sourire, tu... tu habites ici ? Qu'est-ce qu'il s'est passé ?

Pour toute réponse, l'enfant recula d'un pas, les yeux fixés sur l'intruse.

— N'aie pas peur, je ne te veux pas de mal... Je m'appelle Alex. Et toi ?

Elle lui tendit la main, mais à cet instant parut Inès Murillo, simplement enveloppée d'un peignoir. Sur ses joues se dessinaient quelques légères traces de coupures. L'air farouche qu'elle afficha en plaçant d'instinct le petit garçon derrière elle trahit immédiatement l'attachement qu'elle lui portait.

— Théo, reste ici…

Inès avait des airs de lionne blessée que l'on surprenait dans sa tanière. Alexandra s'attendait à ce qu'aussitôt, elle la flanque à la porte. Aussi prit-elle les devants.

— Pardon, je ne voulais pas vous déranger. J'étais venue formuler une proposition, qui pourrait nous aider à faire progresser l'enquête. Mais je vois que je tombe à un mauvais moment. Il y a eu un accident ?

Inès fronça les sourcils, mais finit par répondre.

— La télé a implosé. Et au niveau de la prise, ça a pris feu. J'allais appeler quelqu'un…

— … mais vous vous êtes d'abord occupé du petit, je comprends. Il n'a rien ?

Inès secoua la tête, puis se tourna vers l'enfant, pour lui murmurer quelques paroles en espagnol.

— *Théo. Todo está bien ahora. Sube a tu cuarto, tengo que hablar con esta chica.*

Le petit Théo fila aussitôt, laissant Alex seule avec Inès. L'adolescente n'avait pas imaginé que la brune sorcière pouvait être mère !

— J'ai vu les marques du sortilège de protection sur votre porte, dit la jeune spirite. Vous cherchez à préserver votre foyer… de la malédiction ?

— Je tente de limiter les dégâts, avoua-t-elle en soupirant et en s'affalant dans un canapé. Je n'ose même plus sortir de chez moi, à cause de toutes ces… *tonterías* !

Se penchant en avant, elle ouvrit un meuble, dont elle sortit une bouteille d'alcool. Sans cérémonie, elle la déboucha et avala une gorgée, à même le goulot. Les yeux ronds d'Alexandra sur elle lui indiquèrent qu'elle devait donner un semblant de justification.

— Désolée, mais quand je stresse, j'ai tendance à boire un peu trop. Et puis, ce n'est pas toujours facile d'élever un gamin, sans autorité paternelle… Le père de Théo est mort d'une rupture d'anévrisme, peu après sa naissance. Rien à voir avec la malédiction. Du moins, à ce que j'en sais… Avec la mort prématurée de mes parents, et ce qui nous arrive à tous en ce moment, ça commence à faire beaucoup de chats noirs sur mon chemin ! » Soudain, elle se rendit compte qu'elle venait de se confier à une adolescente qu'elle connaissait à peine. Comme pour chasser les douloureux souvenirs qui l'assaillaient, elle agita la main dans les airs, et reprit un visage plus affirmé.

— Bon, alors… Quelle est ta proposition ?

Une centaine de minutes plus tard, après le départ des ouvriers venus réparer les dégâts dans le salon, Inès faisait face à Alex, au centre d'un cercle agrémenté de runes.

Plutôt que se défier continuellement du regard, la spirite et la sorcière avaient décidé de joindre leurs talents. Désormais, elles possédaient un artefact aussi ancien que dangereux dont elles comptaient bien se servir, et plus efficacement peut-être que Randolph Carter.

— Plaçons la sphère sombre au centre du cercle, proposa Inès. Je suis particulièrement douée pour dupliquer et amplifier les sorts déjà existants. Si tu lances un enchantement, tes sens et tes intuitions s'en trouveront d'autant aiguisés… Alors, ne nous laissons pas submerger par l'obscure et antique magie de cet artefact. Et concentrons-nous.

★

Depuis presque vingt heures, Thomas était accroché à son écran d'ordinateur, compulsant des sites consacrés à l'archéologie en général, et aux civilisations oubliées en particulier. La veille au soir, il avait commencé ses recherches, pour s'y retrouver totalement absorbé jusqu'à cet après-midi.

Il lui arrivait occasionnellement de passer ainsi des nuits blanches à emmagasiner les informations, lorsque le sujet le passionnait. Sa mère le lui avait systématiquement reproché, mais cette fois, elle ne se trouvait pas dans les parages, et il pouvait utiliser le prétexte de son travail pour justifier ses excès.

Durant tout ce temps, Thomas s'était à peine hydraté, il n'avait ni dormi ni mangé. Commençant à être pris de vertige, il finit par s'arracher à sa besogne, se traîna jusqu'au réfrigérateur, où il avala pêle-mêle des ailes de poulet froid, un demi-pot de fromage blanc, une entière barquette de coleslaw, et les restes d'un sandwich au saumon. Repu et ressentant une immense vague de fatigue, il louvoya jusqu'à un canapé où il comptait s'échouer, pour enfin débuter sa nuit en plein jour.

Mais la porte s'ouvrit à la volée, et Soryan Nesh, les habits à moitié déchirés, effectua une entrée dramatique.

— Laisse-moi ce canapé, petit ! Je t'assure qu'avec tout ce que je viens de vivre, j'y mérite amplement ma place !

Sans cérémonie, le détective arracha la bouteille de jus de fruits que tenait encore Thomas, et la vida d'un trait. Puis il bondit vers le canapé sur lequel l'adolescent, avant lui, avait projeté de s'affaler.

— Je reviens d'une visite à l'hôpital San Juan de Dios, d'un séjour chez les flics, et avant cela, d'un entretien avec la PDG des entreprises Aguilar... Beaucoup d'informations, mais je suis trop fatigué pour détailler. Et puis, tu sais quoi ?... Cette saloperie de malédiction a encore frappé !... Franchement, je dois être maso. Pourquoi ai-je donc accepté le versement des Murillo ?

Thomas haussa les épaules.

— Parce qu'il s'agit vraiment d'un très, très gros versement, bien sûr.

— Ma vénalité me perdra ! jugea Soryan. Cette enquête est juste démente !... Impossible d'effectuer trois pas sans être quasi écrasé par un rocher, brûlé vif, écrabouillé dans les décombres d'une maison, ou bien simplement broyé lors de la chute d'un ascenseur !

— Vous avez donc subi un problème d'ascenseur ?

— Et pas qu'un peu !... Si je n'avais pas eu l'heureux réflexe d'ouvrir une trappe, pour me suspendre aux câbles tel un homme-araignée, à l'heure qu'il est, j'aurais rejoint Armando, Viviane et Marisol sur la liste grandissante des macchabées ! Je ne te raconte pas mon ascension, ensuite, dans l'obscurité la plus totale. Heureusement que j'ai une formation d'acrobate... Bon, on parlera plus tard du reste de ma journée. Je dois réfléchir à pas mal de choses. Et je le ferai très bien en dormant, je pense !

Il se retourna, se cala sur l'oreiller, s'apprêta à relâcher tous ses muscles sur les moelleux coussins.

Mais deux nouvelles venues l'interrompirent. Il s'agissait d'Inès et d'Alexandra, côte à côte, une même détermination animant leur regard fébrile.

— Soryan ! Thomas ! lança Alex. Je crois qu'on a localisé quelque chose. Venez vite, un chauffeur nous attend déjà !

★

Dans la luxueuse voiture qui filait sur la sinueuse route longeant la côte, Alexandra observait Inès à la dérobée, n'osant parler à Soryan Nesh du petit garçon qu'elle avait rencontré chez elle.

Mentalement, elle avait effectué le calcul : si effectivement Soryan Nesh et Inès Murillo s'étaient rencontrés quatre ans auparavant, Théo ne pouvait être leur enfant. Inès était donc devenue mère avant de connaître Soryan. Et puis, Théo n'était pas assez métissé, pour être le fils de son patron… Inès lui avait sans doute dit la vérité.

Que l'affable Borja Murillo ait été le père de deux enfants, brièvement aperçus à l'enterrement de Marisol, cela ne l'avait guère étonnée. Que Carlos soit resté célibataire, avec son fichu caractère, elle pouvait le concevoir. Mais, même en ayant vu Théo, elle éprouvait encore quelque difficulté à imaginer la fatale Inès dans un rôle maternel.

Qu'était donc allée faire cette jeune maman dans les Alpes italiennes, à fricoter avec un aventurier qui n'était pas le père de son fils ? Car Alex n'en démordait pas : il existait une sorte d'attirance entre Inès et Soryan. La spirite aurait donné cher pour en savoir davantage sur le sujet.

Le chauffeur indiqua à ses quatre passagers qu'ils venaient d'arriver à l'endroit indiqué. Fatigué, Soryan Nesh bougonna. Alex flanqua un coup de coude à Tom qui, malgré les lacets de la route, s'était immédiatement endormi.

— Grumpf, quoi ? Mais… on vient tout juste de partir, non ?

Décalé par sa longue nuit blanche, l'adolescent avait l'impression d'avoir placé sa tête dans un étau. Certes, il remarquait le chemin qui serpentait en bord de mer, le passage caillouteux qui s'éloignait de toute habitation, ses compagnons qui progressaient parmi les falaises. Mais il y était comme étranger, et suivait le mouvement, comme on progresse automatiquement sur un chemin balisé par d'autres.

Les quatre silhouettes s'enfoncèrent dans le paysage, baignées par le soleil de la fin d'après-midi. Leurs pas les menèrent à une étrange propriété nichée dans un creux naturel, qui paraissait s'enfoncer entre les falaises. Il s'agissait d'une maison biscornue, entourée de palissades, visiblement abandonnée, trop loin de la mer pour avoir été celle d'un pêcheur. Située dans un renfoncement fort peu accueillant pour des vacanciers, on ne pouvait y accéder directement en voiture et le sentier, irrégulier, ne convenait qu'à de prudents marcheurs. Qui avait eu la curieuse idée de bâtir ici pareille demeure, au beau milieu d'une étendue rocailleuse, presque hostile ?

Soryan Nesh s'adressa aux deux filles qui marchaient en tête.

— C'est sympa de suivre vos intuitions… Mais vous êtes sûres de vous, franchement ?

Alex hocha du chef. Elle semblait très concentrée.

— C'est ici que les vibrations sont les plus puissantes. Inès et moi n'avions jusqu'ici éprouvé que des émotions confuses, incomplètes. Des sensations opaques, empêtrées dans nos esprits rouillés… Cela découle de la sombre nature de cette malédiction.

— En conjuguant nos savoirs, en utilisant l'énergie de la

sphère, nous avons fait de cet obstacle une force, confirma la sorcière. Et de ce brouillard dans lequel ma famille s'embourbe, nous en avons, je pense, cerné l'origine.

— Dans le temple recomposé, la ronde évanouie a laissé comme une empreinte. C'est cette empreinte psychique que j'ai partagée avec Inès. Alors, en fouillant dans ses souvenirs, elle a eu la vision de cet endroit.

— Euh… c'est normal si j'ai du mal à suivre ? intervint Thomas.

— Oui, c'est normal, claqua Alex. Tu n'avais qu'à dormir cette nuit, au lieu de geeker !

— Qu'est-ce que tout cela implique ? demanda Soryan Nesh qui, lui, paraissait comprendre. Que ce lieu, Inès, tu le connaissais déjà ?

Inès Murillo hocha la tête.

— Je pense m'y être déjà rendue, il y a longtemps. Un endroit aussi original, difficile de l'oublier… En revanche, ça remonte assez loin. La petite enfance, je dirais ?

Soryan Nesh tiqua et fronça les sourcils.

— La petite enfance ? Tu n'étais pas venue seule, dans ce cas.

— Je ne me souviens pas de mes parents, ici. Mais peut-être d'Armando. Quel âge pouvais-je avoir ?… Cinq, six ans peut-être ?

En léger retrait du groupe, Thomas, l'esprit toujours embrumé, porta la main à son front et s'appuya contre une protubérance rocheuse, qui saillait du sol. Une vilaine migraine s'était emparée de lui : de quoi lui faire amèrement regretter sa nuit blanche à consulter des sites de plus en plus obscurs. L'un d'eux, en particulier, lui avait donné le vertige. Vertige qu'il retrouvait maintenant, amplifié par la fatigue, la chaleur et peut-être la bizarrerie du lieu.

Qu'avait-il lu, déjà ? Le site parlait d'un livre oriental et obscur, traduit par un historien fou, mais regorgeant de secrets qui remettaient en perspective tout ce que l'on pensait savoir de l'univers. « Le type même de discours crétinoïde, à la limite de la démence », avait songé Tom. « Un terreau idéal pour la formation d'une secte décérébrée, à condition de vouloir croire que tous nos actes ici-bas étaient dictés par de lointaines peuplades extraterrestres, millénaires, malveillantes et omnipotentes. » Thomas ferma les yeux et se concentra pour chasser toutes ces bêtises de son esprit.

Lorsqu'il les rouvrit, non seulement il ne se trouvait plus à l'extérieur, mais il faisait nuit.

L'adolescent se leva d'un bond, tourna sur lui-même.

En fermant les yeux, il avait atterri à l'intérieur d'une masure délabrée, aux meubles couverts de poussière, aux tentures délavées, constellées de multiples toiles d'araignées.

Cela ne possédait aucun sens, mais c'était bien ce qu'il s'était passé. Était-ce le manque de sommeil ? Des hallucinations causées par sa migraine ? Ou bien toutes ces lectures nocturnes, dont le point commun était d'improbables phénomènes paranormaux ?

Complètement désorienté, Thomas se jeta en direction d'une fenêtre. Celle-ci donnait sur un jardin, qui lui-même donnait sur les rochers. Il reconnut le paysage, il reconnut la palissade.

En fait, il avait soudainement atterri à l'intérieur de la maison nichée au creux des roches, cette maison qu'il avait à peine approchée, quelques secondes plus tôt.

À l'extérieur, bien évidemment, Soryan et compagnie n'étaient pas là. Mais un bruit, dans une pièce voisine, attira son attention.

Il regarda de nouveau autour de lui, tel un animal piégé. N'en croyant toujours pas ses yeux, il avança en direction du bruit perçu.

Thomas déboucha sur un palier. Sur ce palier se trouvait Inès, en train de consulter son téléphone portable.

— *Hola joven*... Alors, tu vas mieux ?

— Soryan ?... Alex ?

— Ils sont encore à la cave, bien sûr... Ils n'ont pas encore trouvé l'entrée.

— L'entrée ?

Thomas, qui avait clairement loupé un épisode, descendit l'escalier, et déboula dans la cave. Il découvrit un lieu sombre, humide, où régnait un parfait désordre. La faible lumière était dispensée par plusieurs chandeliers disposés au sol, posés sur un cercle tracé à la craie. En descendant ainsi d'un étage, son cœur se resserra, et il se sentit mal.

Ignorant cette désagréable sensation, Thomas prit sur lui d'avancer. Il trouva Alex, assise en tailleur, mais aussi Soryan, qui se grattait la tête, face à une dalle représentant quelque chose que Tom avait déjà vu. Il s'agissait d'une gravure, aperçue non seulement sur son écran d'ordinateur cette nuit, mais également sur l'une des parois du temple reconstitué chez Armando Murillo.

Au pied de la dalle, Alex murmurait des paroles qu'il ne comprenait pas. Soryan, quant à lui, avait posé sa mallette à terre et réfléchissait.

— Ce truc nous résiste... Et même le numéro 26, ce

cher docteur Faust, n'y peut visiblement rien… Quel autre masque pourrait bien me servir, cette fois ?

Un bruit étouffé, alors, leur parvint de l'escalier. En catastrophe, Inès déboula dans la cave, la mine défaite. Des larmes coulaient le long de ses joues.

— C'est… C'est Carlos ! dit-elle, en montrant son téléphone portable. Il est aux urgences, il a eu un accident ! Ça s'est passé sur un chantier. Une caisse à outils est tombée d'un toit et lui a fracassé le crâne ! Les médecins l'ont plongé dans un coma artificiel… *Madre de Dios* !

Thomas ne put intervenir. Le sentiment d'oppression, qu'il avait ressenti à l'entrée de la cave, soudain s'intensifia. Il se demanda si c'était ce genre de sensation qui avait assailli Alex, dans le temple recomposé. Sa tête bourdonna. De nouveau, la douleur lui fit clore les yeux.

Lorsqu'il revit la lumière, elle ne consistait plus qu'en deux petits points bleutés, trop loin de lui pour qu'il les distingue réellement.

Alors, un cri déchira l'espace. Un cri qui sembla se répercuter sur les murs alentour.

En frissonnant, Thomas sortit son téléphone portable, et éclaira la cave.

Mais ce n'était plus une cave. C'était une caverne. Un lieu humide, hostile et perdu, creusé dans la sombre roche, couvert par endroits de lichen.

Pour la seconde fois, Thomas Marquez venait de changer de lieu, sans véritablement s'en rendre compte.

— Euh… Alex ? Soryan ?…

La lampe-téléphone de Thomas balaya d'abord une paroi. Sur cette paroi avait été fixée une petite dalle, qui représentait un monstre tentaculaire, semblable à celui maintes fois gravé dans le temple reconstitué. En dessous de cette gravure, un autel ouvragé, qui jurait avec l'aspect rudimentaire de la caverne. Sur cet autel, une étrange ribambelle de grotesques silhouettes de pierre, taillées dans une matière obscure et lisse, qui rappelait le globe volé par Lupin dans le temple recomposé. Ces figurines sombres étaient organisées en un cercle complet.

— La ronde évanouie ! s'écria Thomas.

Dans la pénombre, sa voix résonna, puis se perdit.

Il examina un court instant la ronde et les personnages difformes qui la composaient. Exceptée l'une des plus horribles, qui était ébréchée, les figurines, extrêmement anciennes, se trouvaient dans un remarquable état de conservation. Chacune d'entre elles, grimaçante et courbée, paraissait en souffrance. Comme si tous ces sujets pliaient sous le poids des mille tourments qu'ils subissaient. Seul le sujet central, fier et droit, affichait un air paisible. Presque insolent.

Soudain, derrière Thomas, il y eut un nouveau cri, suivi d'un choc.

Le garçon se retourna vivement. La lumière de sa lampe rencontra Alex. Visiblement, elle était inconsciente, et blessée. Un filet de sang coulait sous elle. Crispé d'horreur, Thomas s'approcha, découvrant une marque sanguinolente, comme imprimée dans son cou.

Un troisième cri l'obligea à reporter son attention ailleurs que sur son amie tombée. Dans le faisceau de la lampe se découpa cette fois une vaste silhouette, qui paraissait drapée d'ombre. Aux pieds de la créature gisait Inès.

— Hé… Gardez vos distances !

LES 100 VISAGES DE
SORYAN NESH

Thomas se mordit la lèvre inférieure pour bien se persuader qu'il ne rêvait pas. Il s'attendait à ce que l'apparition se jette sur lui. C'est alors qu'il reconnut Soryan Nesh, vêtu d'une étrange cape sombre.

— Soryan !... Je... Je comprends rien ! Il se passe des choses qui... Je ne sais pas comment, mais...

Ne sachant clairement formuler ce qu'il venait de vivre, il se concentra sur cette simple question :

» Où sommes-nous ?

Mais très vite, l'adolescent comprit qu'il n'avait pas formulé la plus urgente des interrogations. À savoir : « Qui ? ». En effet, en face de lui, ce n'était pas vraiment Soryan. Plutôt une version pâle et lugubre de l'Indien, au teint blafard, aux cheveux ramenés en arrière, à la mine dédaigneuse, aux yeux beaucoup trop perçants et qui luisaient d'un bleu tranchant, surnaturel. Des ongles longs, semblables à des griffes, pointaient de chaque extrémité du bandage qui enveloppait ses doigts.

— Nous nous trouvons là où nous devions être, très cherrrr ami, répondit le nouveau venu, avec un fort accent slave. En cet endroit de vérité, où les ténèbres sont une lumièrrre. Et où il nous appartient sans doute de les embrasser.

La voix grave et suave de celui qui n'était plus vraiment Soryan Nesh fit instinctivement reculer Thomas.

Les lèvres du nouveau masque, alors, se tordirent en un sourire malsain, laissant découvrir deux canines beaucoup trop longues.

— Qui ?... prononça finalement l'adolescent.

Mais il n'eut pas le temps de finir sa phrase. Déjà, le comte Dracula s'était élancé dans sa direction.

CHAPITRE 15

La ronde évanouie

Par réflexe, Thomas se jeta à terre. Histoire d'empêcher l'effrayante incarnation de Soryan de plonger directement les canines dans sa chair. Ce qu'il allait tenter ensuite, pour se défendre, il l'ignorait complètement. Que s'était-il passé ? Pourquoi certains événements lui avaient-ils échappé ? S'était-il brusquement endormi, entre-temps ? Cela ne semblait pas possible. Et puis, pourquoi Soryan avait-il choisi ce masque, avant d'agresser Alex et Inès ? Pour l'heure, difficile pour Thomas de même réfléchir à toutes ces questions, car face à un vampire assoiffé de sang, il lui fallait simplement survivre.

Le garçon roula au sol, pensant échapper à l'assaut grâce à l'obscurité ambiante. Juste avant de se rappeler que les vampires voyaient dans le noir, bien mieux qu'en plein jour.

Tout était confus, angoissant. Thomas se hissa sur ses jambes, glissa sur le sol trempé, puis buta contre une surface indéfinissable, qu'il finit par identifier comme étant le corps inanimé d'Alex. Thomas ralluma la lampe torche, qu'un mouvement nerveux avait éteinte.

Étonnamment, le Soryan vampire ne se trouvait pas dans les parages, en train de chercher à vider ses artères. Quelques bruits confus lui indiquèrent une lutte, qu'il éclaira instinctivement. D'abord, il découvrit une étendue liquide. Il s'agissait d'un petit lac naturel, aussi sombre que la nuit. Puis il rencontra deux corps en mouvement, qui disparurent aussitôt qu'il les eut repérés. Sur sa droite, il y eut un craquement, et l'une des deux silhouettes reparut, propulsée dans les airs. Elle s'abîma aux pieds de Thomas, qui ne put s'empêcher de pousser un cri.

La créature, groggy, n'avait pas vraiment l'air humaine. La peau grise, tirant sur le vert, elle possédait un faciès *perturbant*, à mi-chemin entre le poulpe et le poisson. Nul cheveu, pas de nez ni d'oreilles. À la place, des branchies et des sortes de tentacules concentrés sur le bas de ce qu'on ne pouvait que vaguement appeler un visage. Les longs bras, musculeux et munis de mains palmées, furent agités de soubresauts. Les jambes nues du monstre se replièrent. Apparemment, la créature cherchait à se relever.

Soryan Nesh, alors, parut à son tour dans la lumière. Il écrasa le visage du monstre, sur le sol luisant de la caverne. Cette fois, son adversaire demeura inconscient.

Les yeux étincelants, un sourire ravi aux lèvres, le Soryan vampire s'adressa de nouveau à Thomas, dans une attitude altière et triomphante.

— Peut-être avez-vous crrru que j'en avais après vous, monsieur Marquez ? Si tel est le cas, le comte Dracula s'en excuse platement.

— Le… le comte Dracula ? répéta l'adolescent, incrédule.

— Certes, l'ambiance du lieu n'est pas pour me déplaire, poursuivit le vampire. Mais loin de moi l'idée de laisser ces abominations des prrrofondeurs s'en prendre à votre personne !

— Euh, ah ouais euh, d'accord… Vraiment génial, alors !

Thomas devait bien avoir une trentaine de questions à poser sur la situation actuelle, sur l'improbable créature inconsciente à ses pieds, sur le statut des deux femmes tombées à terre, sur l'immense stèle qui représentait un monstre tentaculaire, ou encore sur l'étonnante présence en ces lieux du plus célèbre des vampires. À vrai dire, l'adolescent ne pouvait décoller les yeux de la nouvelle incarnation de Soryan Nesh. Pas vraiment par admiration. Mais surtout parce qu'il s'attendait à ce que le vampire change soudain d'idée, et se jette violemment sur lui.

Un chuintement, dans un recoin de la grotte, déclencha un impulsif mouvement de tête de la part de Dracula. Tel un félin, ses yeux de prédateur se fixèrent sur quelque chose, sa prochaine proie sans doute.

— En voilà encore quelques-unes… Pour votrrre sécurité, vous devriez réveiller mademoiselle Huxley. Ce sont ces créatures qui l'ont blessée. Mmmh, tout ce sang sur son cou… Difficile d'y résister.

Là, il se lécha indécemment les babines.

— Mais le plaisirrrr attendra. Car nous devons survivre.

Soudain, Soryan bondit. Thomas le suivit de sa lampe, pour découvrir trois autres bipèdes, semblables à l'homme-poulpe tombé. Tous trois se trouvaient à moitié immergés dans le lac, et cherchaient à en sortir, pour s'approcher d'eux. À la vue de ces nouvelles abominations, Tom déglutit, et entreprit de réveiller Alex. La jeune fille ne réagit absolument pas. Tandis que, derrière lui, Dracula bataillait déjà avec les hommes-poissons, il se demanda s'il n'allait pas devoir la secouer plus vivement. Alors lui revint une lointaine sensation. Le souvenir tactile, à moitié conscient, de la présence des lèvres d'Alexandra sur les siennes, au milieu d'un brasier.

Le cœur de Thomas se mit à battre avec beaucoup plus d'intensité que lorsqu'il s'était trouvé face à la créature marine ou au comte Dracula.

Pris d'une impulsion, il plaça Alex délicatement sur le dos, écartant les boucles de son front. Tandis qu'en arrière-plan Dracula et les trois monstres échangeaient des uppercuts, il approcha lentement, très lentement, son visage de celui de la jeune fille. Tout à coup, deux astres verts se plantèrent dans son regard. Et la voix d'une Alexandra parfaitement réveillée résonna dans la grotte.

— Hé, oh ! Tu cherches à faire quoi, là, au juste ?

— Oh ! Euh, rien… Rien du tout !

Thomas se félicita intérieurement de posséder une peau foncée, car si celle-ci avait été aussi pâle que celle d'Alex, il serait à cet instant devenu plus rouge encore qu'une tomate mûre.

— Dis-moi, j'ai… j'ai l'impression d'avoir loupé deux, trois trucs, bégaya-t-il pour changer de sujet.

— Ouais… j'ai bien remarqué que tu n'étais pas dans

ton état normal, depuis qu'on a approché cette maudite maison. Je te parlais, tu ne répondais pas. Un peu comme si tu t'isolais des ondes néfastes qui en émanaient. Tu avançais tel un somnambule. Je pense qu'une fois de plus, ton corps a réagi instinctivement, pour te placer hors de danger… Mais bon tu vois, le moment n'est pas trop indiqué pour t'expliquer tout ça.

De l'index, elle désigna Dracula, aux prises avec les trois créatures marines. Aussi belliqueuses que leur prédécesseur, elles cherchaient à agripper le vampire, lequel, bien plus rapide, esquivait tous leurs assauts.

— Oh ! vous savez chère amie, dit Dracula en s'adressant à la spirite, je pense que vous pouvez lui rrraconter l'essentiel, car monsieur Marquez, du fait de sa particularité, pourrait se révéler très utile, en ce lieu de magie noirrrre.

Tout en devisant, le vampire aiguillonnait ses adversaires, mais jamais ne faiblissait. Alex bougonna.

— Pfff, je n'aime pas quand il utilise ce sale numéro 21 ! Je crois que je le déteste encore plus que le Horla !

— Euh, si tu parles de Dracula, il m'a l'air plutôt efficace… Question combat, il se pose là !

— Justement, *ce n'est pas un combat* !… C'est une sorte de jeu malsain. Non mais regarde-le : on dirait un chat, en train de mettre trois souris en pièces ! Ces créatures ne font pas le poids, face à lui.

En observant plus attentivement la scène, Thomas comprit ce à quoi son amie faisait allusion. Dracula, en effet, semblait prendre un malin plaisir à tourner autour de ses proies. Il leur infligeait des blessures profondes, mais jamais de coup fatal. Petit à petit, les monstres marins se faisaient plus lents, leurs gestes plus imprécis. La douleur rendait leurs déplacements disgracieux. Une fois ses griffes abattues, Dracula reculait un peu, comme pour profiter du spectacle. Dans ces instants-là, sa bouche s'étirait en un sourire méphitique.

— Voilà le genre de comportement pour lequel je hais ce masque, murmura Alex. Il n'aurait pas pu utiliser Don Quichotte ou bien le Cid, à la place ?… Au moins, ça aurait fait « couleur locale » !

— Bon, euh… Au lieu de te plaindre et de t'apitoyer sur ces horreurs à tentacules, résume-moi ce qu'il s'est passé.

Alexandra détourna le regard du dérangeant spectacle, puis soupira.

— C'est un peu compliqué, mais je vais essayer : on a découvert que quelqu'un venait parfois visiter cette maison abandonnée. Des traces à demi effacées nous ont menés jusqu'à la cave, où nous avons trouvé une entrée, magiquement scellée. Dans l'air, nous avons senti des vibrations mystiques, agressives, hostiles… J'ai tenté un rituel, qui m'a permis de débloquer le passage, après bien des efforts. Nous avons ensuite découvert un grand escalier, qui plongeait dans les entrailles de la falaise. Nous avons trouvé cette grotte, cette stèle immense… et la ronde évanouie ! Persuadée qu'elle pouvait ainsi briser la malédiction, Inès a voulu s'en emparer. Mais la ronde semble scellée, à même l'autel. Et protégée elle aussi par un sortilège. En souhaitant la déplacer, Inès a reçu une sorte de décharge électrique. Ça l'a sonnée !

Tandis qu'Alex parlait, Dracula s'amusait. Utilisant les parois de la grotte, il marchait à l'horizontale, se propulsait parfois au plafond, rendant folles de rage les créatures qu'il tournait en ridicule. L'une d'elles, n'en pouvant plus, se détourna du vampire pour s'occuper des adolescents. Dracula la saisit aussitôt par le cou.

— Vous ne souhaitez tout de même pas me fausser compagnie, très chèrrre ?

Comme si l'imposante créature n'eût guère possédé plus de consistance qu'une plume, il la jeta en l'air. Il lui asséna un coup de pied, la fit voltiger jusqu'à l'autre bout de la caverne, et atterrir lourdement contre une stalagmite. Laquelle se brisa net.

— Waouh ! ne put s'empêcher de s'exclamer Thomas.

— Bon, tu n'es pas vraiment attentif, mais, tant pis, je poursuis… Dès qu'Inès a touché la ronde, il y a eu, en plus de l'éclair qui l'a mise K.O., une espèce de tremblement. Et les créatures marines, sans doute des gardiens du lieu, ont commencé à se manifester. La lutte a débuté, nous nous sommes trouvés dans le noir complet. Je pense que c'est pour cela que Soryan a choisi le numéro 21 : vision nocturne incorporée, en plus de quelques avantages évidents…

Derrière eux, le combat tournait court. Les deux gardiens survivants, chancelants, perdaient de grosses quantités d'un liquide verdâtre qui devait être du sang. Au milieu d'eux, évitant leurs assauts devenus dérisoires, Dracula semblait danser.

— Toi, révéla Alex, tu avais encore l'air d'un zombie. Tu nous suivais parfois, mais tu avais clairement la tête ailleurs ! Tu te souviens de l'affaire Torrène ?… Dans l'hôtel abandonné, tu n'étais pas affecté par la magie ambiante. Ton corps lutte spontanément contre ce genre d'agression mystique. C'est ta spécificité, celle qui fait que tous les animaux sont crispés en ta présence, car tu possèdes une aura particulière, qu'ils ont du mal à appréhender. Et je crois qu'ici, tu réagis encore… différemment.

Cette conversation, à quelques mètres d'une lutte sans pitié entre monstres, avait quelque chose de surréaliste. Dans un mouvement de lucidité, le plus vif des hommes-pieuvres chercha à regagner le lac. Dracula l'attrapa par la cheville, et le fracassa contre son compagnon d'infortune. Sous le choc, Thomas détourna le regard.

— J'avoue que, sans le numéro 21, nous y serions sans doute passés tous les quatre, concéda Alex. Cet endroit… c'est la clé de toute cette histoire !

Des doigts de la spirite émana un éclat vert, qui leur servit de nouvelle source lumineuse. Juste sous leurs yeux, le seigneur vampire arrivait au terme de son combat. Les hommes-pieuvres, à bout de forces, exprimaient leur souffrance par un râle atroce. Penché au-dessus d'eux, Dracula prolongeait leurs tourments, en avivant leurs blessures béantes. Même Thomas, qui pourtant ne possédait pas énormément d'empathie pour ces créatures, eut un haut-le-cœur. Une impulsion le fit s'avancer vers son patron. Il poussa même l'audace jusqu'à le prendre par l'épaule.

— Soryan, ça suffit, là ! Vous allez finir par tuer ces trucs !

Cette fois, Dracula rejeta vivement la tête en arrière : son visage n'avait plus rien d'humain. Des rides en zigzag barraient son faciès désormais monstrueux. Ses canines étaient devenues proéminentes. Sa voix s'était métamorphosée en un feulement agressif.

— Qui es-tu pour oser interrompre le repas de ton maître ?

Thomas tomba à la renverse. Alex était pétrifiée. Du vampire émanait une force mentale invisible, qui les cloua tous deux au sol. Ils sentirent soudain comme une main glacée, à la puissance terrifiante : elle paraissait s'appuyer sur leur crâne, puis s'insinuer dans leurs cerveaux, pour les priver de leur libre arbitre. Les adolescents comprirent ce que les hommes-pieuvres venaient de subir, et pourquoi ils n'étaient parvenus, malgré leur robustesse, à se hisser au niveau de leur impitoyable adversaire. Dans leurs veines semblait s'écouler un fluide nocif, qui les emplissait de terreur pure.

L'espace d'un instant, Thomas comme Alex crurent que Dracula allait leur révéler sa véritable nature : celle d'une bête sauvage totalement assoiffée de rage et de sang. Mais brusquement les rides du vieux vampire s'effacèrent, et un sourire affable vint dissimuler ses crocs de prédateur.

— Oh ! mille excuses, cherrrs assistants… Je me trouvais trop concentré sur ma tâche. J'en oublie tous mes devoirrrs : nous avons une enquête à mener, n'est-ce pas ?

La pression mentale qui les oppressait soudain s'évanouit. Thomas et Alexandra s'entre-regardèrent, fébriles et interloqués. En d'autres circonstances, sans doute Dracula les eût-il saignés à blanc.

— Ha ha ha ! Vous voulez m'arracher ce masque ? se moqua aussitôt le vampire. Eh bien, si tel est votre secret désir, il vous faudra m'en convaincre… ou alors me surprendre, car vous n'êtes pas sans savoir, je l'espère, qu'il m'est possible de lire en chacune de vos pensées.

— Soryan…, appela Alex, une inflexion suppliante dans la voix.

Le rire de Dracula emplit alors la caverne.

— Soryan ? se gaussa le vampire, à voix haute. Vous ne l'aviez pas encore deviné ?… Soryan n'est qu'un prétexte ! Un prête-nom ! Une esthétique marionnette, que j'agite à ma guise, afin de pouvoir évoluer parmi les vivants. Habile subterfuge, ne trouvez-vous pas ?… Afin de frayer au soleil, je me suis inventé cette identité. Mais je la contrôle sans difficulté, tout comme je vous contrôle aussi, savamment, subtilement, pour toujourrrrs parvenir à mes fins !

Contrairement à son habitude, Alexandra ne sut absolument pas quoi répondre. En un éclair de glaçante lucidité, Thomas prit la mesure de l'immense appréhension d'Alex envers le numéro 21. Et il sut que, de tous les dangers qu'ils venaient d'affronter, leur patron était en réalité devenu le plus redoutable. Le garçon déglutit, craignant la suite des actes du vampire. C'est alors qu'une série d'événements particulièrement étranges se produisit.

D'abord, la ronde évanouie commença à vibrer. Il émana des figurines liées entre elles un vrombissement qui, amplifié par l'autel, se mit à ressembler à une litanie. En résonnance avec le chant de la ronde, la petite stèle scintilla, rendant l'entité tentaculaire qu'elle représentait presque réelle.

Un peu partout, autour des membres de l'Agence, plusieurs roches étincelèrent, telles des étoiles dans un ciel infini.

Ces phénomènes sonores et lumineux tirèrent Inès Murillo de sa torpeur.

Lentement, dans le dos des adolescents, elle se releva.

— Il… Il se passe quoi, là ? demanda Thomas.
— Rien de bon, si tu veux mon avis, analysa Alex, perturbée par le déchaînement croissant des forces occultes dont elle sentait l'émergence.
— Le maître de la ronde est maintenant parmi nous, siffla simplement Dracula.

CHAPITRE 16
Le maître de la ronde

Alexandra se tourna nerveusement vers Inès.

— C'est vous dont parle Dracula ?... Vous nous avez emmenés ici pour nous piéger ?

— *Oye, qué les pasa* ? Je sais que vous ne m'aimez pas, mais réfléchissez un peu ! C'est moi qui vous ai fait venir à San Sebastián.

— Oui, mais... vous vouliez vous venger de Soryan, tenta Thomas.

— Pas au prix de vos vies, à tous !... Et puis, je possède la marque. Moi aussi, je suis victime des circonstances !

— J'ai lu quelque chose à ce sujet la nuit dernière, se souvint Thomas. Dans certains rituels, il est nécessaire de partager la sombre magie infligée aux autres, pour mieux la contrôler. La marque ne signifierait donc rien d'autre qu'un lien avec les victimes, pour le *maître de la ronde*. Bien entendu, il faut partir du principe que chacune de ces statuettes représente les différentes personnes concernées par la malédiction. Un peu comme des poupées vaudoues.

Impressionnée par les informations emmagasinées par Thomas, Alex tapa du poing dans le plat de son autre main ouverte.

— Si elle a le contrôle, cela explique comment elle a pu dupliquer le maléfice, et ensuite le jeter sur Soryan !

— *Estáis locos* ? s'indigna Inès. Et puis, pourquoi je souhaiterais la disparition complète de ma famille ?

— Pour l'immense fortune que cela représente, et dont vous bénéficieriez avec votre enfant ? proposa Alex.

— Comment osez-vous, *hija de pu…* ?

Dracula intervint.

— Si je suis bien cerrrtain, mademoiselle Huxley, que la motivation que vous évoquez est l'une des composantes de l'affaire qui nous occupe, j'avance au contraire que vous vous trrrompez de cible.

D'un geste théâtral, le vampire indiqua l'entrée de la caverne, et le grand escalier qui y menait. Dans la pénombre constellée de pierres brillantes, Alexandra distingua une silhouette, qui descendait les toutes dernières marches.

Il s'agissait d'une femme d'une quarantaine d'années, d'apparence inoffensive, pâle et frêle. Les cheveux blonds, coupés au carré, elle était simplement vêtue d'une tunique sombre.

— Viviane ?! s'exclama Inès, surprise.

— Hein ? Qui ?…

— L'épouse d'Arrrmando Murillo, poursuivit Dracula. Vous ne l'aviez pas encore rencontrée, mademoiselle Huxley.

— Mais… N'est-elle pas censée avoir péri dans

l'incendie de sa maison, aux côtés de son mari ? demanda Tom. Alors… C'est un fantôme ?… Elle a vraiment l'air d'un fantôme !

Dracula secoua la tête.

— Même si son odeur est… perrrturbante, elle est bien vivante, monsieur Marquez, croyez-en mon expérience… Et sa venue parmi nous ne peut être le frrruit du hasard.

Sans se presser, la pâle Viviane Murillo progressait sur le sol humide de la caverne.

— Ces gens sont impensables, murmura-t-elle. Vraiment, ils prennent la vilaine habitude d'entrer par effraction dans chacune de mes propriétés.

— C'est *elle*, le chef de la ronde ? demanda Alex. Ça voudrait dire… qu'elle est à l'origine de la malédiction ?

— Ses pensées me sont inaccessibles, révéla le vampire. Il y a, autour de son esprit, comme une protection. Une prrrésence invisible… Mais je peux utiliser le fruit des déductions constituées ces dernières heures par Soryan Nesh. À moins que vous ne souhaitiez nous en parler de vous-même, chèrrre Viviane…

Frontalement accusée de tous les maux qui s'étaient abattus sur la famille Murillo ces derniers mois, Viviane n'afficha qu'un air amusé. Au lieu de s'offusquer, elle croisa les mains, et considéra les hommes-poulpes tombés, avec un air indéchiffrable.

— J'ai juste senti que vous étiez venus perturber l'équilibre de ce sanctuaire, dit-elle calmement. Visiblement, les gardiens invoqués n'ont pas su remplir leur office.

— Invoqués ? Viviane ?! répéta Inès, incrédule. Mais tu… tu ne t'es jamais intéressée à la magie, au contraire !

— Uniquement en apparrrence, nuança Dracula. Si c'est Armando qui l'a sans doute familiarisée avec la magie noire, je pense qu'elle s'est peu à peu laissé prrrendre au jeu. Et que c'est un domaine qu'elle a fini par maîtriser, bien mieux que lui… Soryan a récemment découvert, par exemple, qu'elle a bien plus fortement réagi à la découverte du temple de Malaisie que son marrri. Rapatriée, elle a été soignée non loin d'ici, à l'hôpital San Juan de Dios. Les infirmières qui y travaillent se souviennent encore de ses crrrises de démence, et des dieux sombres qu'elle évoquait. Pour elle, tout a dû basculer, à cet instant…

— Vous avez interrogé les infirmières de San Juan ? demanda Inès.

— Soryan l'a fait, oui. Pas plus tard qu'aujourrrd'hui.

Viviane Murillo, élégante et posée, se contenta d'afficher un sourire blême.

— Eh bien, je vois que je ne suis pas la seule ici à posséder une double vie… Pour certains, il est même difficile de garder les compteurs à jour, plaisanta-t-elle en indiquant Dracula. Attrayant vendeur d'alarmes il y a quelque temps, voleur ensuite, vampire aujourd'hui… et également détective, si je comprends bien. Peut-on savoir quel est votre véritable visage ?

Sans se faire prier, et contre toute attente, Dracula arracha lui-même son masque, pour reprendre son habituelle apparence.

— Vous êtes perspicace, reconnut Soryan Nesh, fortement impressionné. Peu de gens savent voir ainsi, au travers de mes masques… Est-ce la proximité de ce lieu hautement mystique, qui vous donne cette clairvoyance ?

Viviane effectua un élégant mouvement de poignet.

— « Perspicace » : je vous retourne le compliment ! L'endroit est en effet propice à développer mes dons, et aiguiser mes perceptions… Mais vous ne m'avez toujours pas donné votre véritable nom.

— Je m'appelle Soryan Nesh, dit le détective. Et je dois avouer que je ne m'attendais pas à ce que nous nous croisions maintenant. À vrai dire, je venais tout juste de comprendre votre véritable rôle dans cette affaire.

— Oh ! vraiment ? parut s'amuser Viviane. Et moi qui me pensais au-dessus de tout soupçon… Allez-y, racontez-moi ce qui a pu vous aiguiller dans cette direction.

Son attitude totalement calme, mêlée de défiance, avait quelque chose d'incroyablement glaçant. Tout à fait détendue, elle passa au large du groupe, en direction d'un rocher. Elle s'y assit, nonchalante, comme un roi s'installe sur un trône et considère la populace venue gronder. Ni la présence de la spirite, ni celle de sa belle-sœur sorcière, et encore moins celle de Soryan Nesh ne paraissaient l'intimider.

— Si j'ai correctement deviné, le séjour en Malaisie a donc été pour vous un déclic, reprit l'enquêteur. Quittant votre rôle passif, vous êtes devenue une sorcière pratiquante. Tellement douée, que vous avez transformé ce lieu chargé d'énergie mystique, jadis découvert par votre mari, en un véritable lieu de culte.

— Ici, ce serait… sa base d'opérations ? comprit Thomas, en réprimant un frisson. Mais… ces espèces de monstres marins, d'où est-ce qu'ils sortent ?

De plus en plus assurée, Viviane Murillo posa son menton sur son poing, et fixa l'assistance, le regard vif.

— Si vous saviez… Si vous saviez les mots secrets.

Les portes que l'on peut ouvrir. Les peuplades endormies qui sommeillent dans les interstices de la réalité. De ces entités engendrées bien avant la venue de l'homme. De ces espèces oubliées, mais si résistantes. Atrocités sublimes du fin fond des abysses. Et qui lui survivront. Et qui seront sa fin…

Nul ne sut comment accueillir ces paroles sibyllines. Mais elles produisirent sur le petit auditoire un effet glaçant. Ne souhaitant pas se laisser impressionner, Soryan Nesh brisa bien vite le silence de roche et de plomb.

— Je ne sais pas tout, avoua-t-il. Cependant il suffit parfois d'observer. Regardez autour de vous : notre amie prétendait devant Lupin qu'elle avait été victime d'un vol. Mais elle est sa propre voleuse ! En effet sans que son mari ne le découvre, elle a apporté ici les éléments les plus précieux du temple reconstitué. Éléments qui lui ont sans doute servi pour lancer la malédiction qu'elle planifiait… Vous avez vu ces figurines, disposées en cercle sur cet autel ? Clairement, l'une d'elles est dominante. La posture des statuettes établit une hiérarchie entre ce chef et les autres. Et n'oublions pas que le chef de la ronde… fait également partie de la ronde ! Ce qui explique la marque de Viviane. Marque qui nous a induits en erreur, puisque nous la pensions, elle aussi, simple victime.

Sur son rocher, Viviane paraissait s'amuser de plus en plus. Son attitude décalée interpellait Alex. Une telle décontraction cachait quelque chose, ce qui ne la rassurait pas. Toutefois la spirite voulait comprendre.

— Il reste pas mal de zones d'ombre, énonça l'adolescente. D'abord, si vous êtes là, à qui appartiennent les corps retrouvés dans l'incendie de la maison ?

— Il y a Armando, bien sûr, intervint Soryan Nesh. Et l'autre, c'était l'amant d'Armando : Paolo Portillo-Deli, ce jeune entrepreneur que nous n'avons pas réussi à joindre. Et pour cause !

— Hein ?... Armando était gay ? s'étonna Tom.

— Lui et Paolo passaient tout leur temps ensemble, expliqua Soryan. Ils sont partis maintes fois à l'étranger, sans Viviane. On ne voyait qu'eux deux sur les immenses clichés de la maison maintenant détruite. Forcément, cela posait question... Face à moi, la PDG des entreprises Aguilar a fortement insinué que Paolo Portillo-Deli entretenait ce genre de relation. Et, quand j'incarnais Lupin, j'ai saisi, en pointillé, le trouble d'Armando à mon égard... Pour Armando, Paolo a arrangé le déplacement du temple de Malaisie. Et puis... il y avait ce passage dans la grille. Celui par lequel nous sommes arrivés chez le couple Murillo. La végétation était piétinée, il était donc fréquemment emprunté. Ce qui suggère la venue d'un visiteur régulier, et clandestin. Enfin, souvenez-vous de notre visite nocturne. Ce soir-là, certaines alarmes semblaient déjà désactivées. Je crois que Paolo était arrivé avant nous. Quand j'ai rencontré le couple, Viviane a évoqué « ses appartements ». Une façon de dire qu'en fait, ils faisaient chambre à part.

— Mais... l'identification des corps ?

— Toujours par Carolina Aguilar, il m'a été signifié qu'Armando possédait ses contacts dans la police locale. Contacts dont a pu bénéficier sa femme, contre quelques billets. De quoi donc fausser une identification, par exemple... Juste avant de venir ici, je me suis rendu au commissariat chargé de l'affaire. Les vampires ne peuvent évoluer sous la lumière du soleil. Cependant, dans un espace confiné, il m'est toujours possible de sortir le masque numéro 21.

— Vous aviez déjà utilisé Dracula aujourd'hui ? redouta Alex. Oh, pitié, dites-moi que vous n'avez pas causé trop de dégâts…

— Je m'en suis juste servi pour lire les pensées de quelques officiers de police, révéla Soryan Nesh. En toute discrétion, et sans effusion de sang, je te rassure… Ainsi, j'ai pu déterminer lesquels d'entre eux se montraient corruptibles. Mais, plus intéressant encore, j'ai obtenu la confirmation de ce que je cherchais : la trace de Viviane Murillo dans leurs souvenirs…

— En voilà d'intéressantes histoires, se contenta de murmurer la veuve, lascive. Mais vous ne possédez aucune preuve directe, me semble-t-il.

Ignorant la remarque, Alexandra poursuivait son raisonnement.

— L'incendie de la propriété était donc volontaire ?… Non lié à la malédiction ?

— Lié ou non à la malédiction ?… Franchement, je ne saurais pas le dire, avoua Soryan. Tout dépend en fait de l'emprise de Viviane sur cette malédiction. Et nous touchons là un point névralgique, encore mystérieux. Frappe-t-elle précisément, ou au hasard des personnes envoûtées ? Je l'ignore… Mais plutôt volontaire ? Oh, ça oui, je le crois !… Face à Lupin, Viviane a qualifié sa maison de « sinistre ». Elle ne s'y plaisait guère, ne cherchait plus vraiment à la rénover. Une énième visite nocturne de Paolo sous son toit a sans doute été la goutte d'eau qui a fait déborder le vase. Morte aux yeux du monde, elle pouvait donc poursuivre son entreprise de destruction de la famille Murillo, librement, sans attirer nos soupçons. Quitte à réapparaître ensuite, au moment opportun.

— Au moment d'empocher l'argent une fois qu'elle serait devenue la seule héritière encore vivante, et revenue d'entre les morts ? avança Inès, les lèvres pincées.

— Bien évidemment, il s'agit d'une affaire d'argent avant tout, opina Soryan. Même si l'on peut assurément déceler une blessure amoureuse, à la base.

Viviane Murillo ne put, à cet instant, s'empêcher de rire de bon cœur. Le menton toujours posé sur son poing fermé, l'étrange coupable murmura :

— Ah ! Que savez-vous donc de l'amour, monsieur Nesh ?... Est-ce que j'ai l'air d'une veuve revancharde et aigrie, pour vous ?

— Je pense que, si votre colère et votre envie ont pu être, à l'origine, les moteurs de vos actes, vous vous trouvez, depuis, le vecteur d'une puissance ancestrale qui vous dépasse, et qui vous réclame de plus en plus de victimes. Une puissance dont vous avez naguère fait la rencontre, en Malaisie...

— Qui me dépasse ? s'égaya Viviane. Ne soyez pas si présomptueux, je vous prie. Sur ce point, je veux bien éclairer votre lanterne : c'est en effet moi qui choisis lequel des sujets de la ronde va être frappé. L'exercice est délicat, il s'est longtemps montré imprécis. Pour qu'enfin mes victimes mordent la poussière, plusieurs tentatives ont été nécessaires... Mais je me trouve de plus en plus douée, à force d'expérience et de fréquents rituels, lancés d'ici.

L'enquêteur indien fit la grimace.

— Vous vous jetez des fleurs, vous pensez donc tout contrôler… Je m'en veux un peu de perturber votre sérénité à ce sujet. Cependant, je dois vous avertir : à jouer avec des forces de cette envergure, il va finir par vous arriver des bricoles.

Viviane repoussa négligemment la dernière remarque, d'un geste.

— Sérénité, reprit-elle. Le mot me plaît… Mais si je suis sereine, c'est peut-être parce que tous ces meurtres, dont vous m'accusez… Personne ne pourra jamais *rationnellement* les prouver ?

Excédée, Inès poussa un juron. Alex, Thomas et Soryan s'entre-regardèrent. Viviane disait vrai. Comment expliquer en effet son implication, à distance, dans une longue série d'événements surnaturels ? D'autant qu'en apparence, la veuve n'était, comme ils l'avaient évoqué, qu'une victime parmi les autres.

— Pfff, prouver ta culpabilité, *me da igual* ! finit par lâcher Inès à sa belle-sœur. Nous trouverons bien un moyen de faire justice nous-mêmes ! Ce que je ne comprends pas, c'est comment tu as su provoquer toutes ces catastrophes et utiliser cette très ancienne magie. Moi-même, j'en serais incapable !

— Elle a été évidemment guidée par cette force ancestrale, en sommeil depuis des millénaires, mais qui ne demandait qu'à être éveillée. Cette créature, elle est celle évoquée par Randolph Carter : un monstre antédiluvien, que l'on nomme Yog-Sothoth.

Tout le monde se tourna vers Thomas, car personne ne s'attendait à ce qu'il prononce ces paroles.

— Je... J'ai lu plein de trucs sur le sujet, ces dernières heures, expliqua-t-il. Lors de sa transe, le masque numéro 46 a prononcé ces drôles de mots : « Yog-Sothoth... » D'après mes recherches, il s'agit de l'identité d'un dieu sombre et oublié, en l'honneur duquel le temple de Malaisie avait été bâti. Je crois bien que c'est lui, représenté sur la dalle fixée au mur...

— Laisse-moi deviner, fit Alex, mal à l'aise. Ce dieu oublié, il n'est pas du genre à nous inciter au partage et à la méditation.

— Yog-Sothoth est « le tout en un et un en tout », il est « la clé et la porte vers d'autres dimensions ». On le décrit aussi comme le « maître de l'espace et du temps », qui apporte un pouvoir immense à celui qui lui ouvre la voie de notre monde pour le dévorer !

Alex comme Inès considérèrent l'adolescent avec des yeux ronds.

— Écoutez, se défendit-il, c'est juste ce que j'ai lu, hein !

Inès croisa les bras, incrédule. Son attention se reporta sur sa belle-sœur, restée immobile et qui savourait les débats.

— C'est *vraiment* ce que tu fais ?... Tu ouvres la voie à un monstre perché dans les étoiles ?

— Celui que nous voyons tous en rêve, rappela Soryan, celui qui s'est repu de l'énergie vitale de Marisol, d'Armando, de Paolo, et, avant eux, de vos deux parents, Inès ! Car ils ont été les toutes premières victimes de la ronde. Leur envolée, en voiture, n'était pas un simple accident. Et vous n'avez jamais rien su, car sur leurs corps broyés et brûlés, on ne percevait plus la marque...

Ce premier événement date de plus d'une année, car la malédiction s'est imposée lentement. Progressivement. Mais depuis, elle a connu quelques accélérations. Comme vous avez pu le constater…

Un soupir appuyé émana à cet instant de Viviane. Chacun tourna de nouveau le regard dans sa direction.

— Vraiment, vous m'épatez ! reconnut-elle, dans une expression presque comique. Mais… vous savez quoi ?

Là, elle se positionna en avant, sur son siège de roche, et leur offrit son regard le plus affirmé.

— Je pense franchement que, moi, je peux vous surprendre encore bien davantage.

Dans la caverne, le chant de la ronde évanouie, qui un long moment s'était mis en sourdine, repartit soudain de plus belle. De même, les étoiles dans la roche se remirent à scintiller, comme au moment de l'entrée en scène de Viviane Murillo. Cette intensification générale n'était pas du goût de Thomas Marquez, car il sentit sa tête bourdonner. Il voulut prononcer encore quelques paroles, mais, en un instant, son esprit se mit de nouveau en veilleuse, et bien que son corps fût présent, il ne se souviendrait pas de tout ce qui allait se dérouler, dans les minutes suivantes.

— Thomas ?… Tho-mas ! appela Alex, secouant la main devant le visage de son ami, sans aucun résultat. Ah ! c'est vraiment pas le moment de retomber dans les vapes, Tom !

Ignorant le phénomène, Inès, remontée, serra les poings et fit face à sa belle-sœur.

— Tu as voulu *tous* nous tuer ! Nous tous ?! Et nos enfants, aussi ? En échange de quoi ?… Le pouvoir absolu ? L'immortalité ?

— Je compte effectivement m'occuper des enfants par la suite, dévoila Viviane, dans un sourire mauvais. De ton petit Théo en premier, par exemple.

C'en était trop : Inès explosa de rage. En espagnol, elle insulta copieusement sa belle-sœur. De ses mains jaillirent des éclairs noirs, manifestations de son pouvoir de sorcière.

— Charmantes étincelles, se moqua Viviane. Puisque tu en viens là, je peux moi aussi te donner un aperçu de ce que je sais faire, désormais. D'ailleurs, si je me suis jointe à vous, c'est un peu pour cela…

Inès ne voulut pas lui laisser le temps de réagir. Dans un cri, elle se jeta sur sa nouvelle ennemie. Celle-ci leva simplement la main, et figea la sorcière dans l'air.

— Quoi… Qu'est-ce que ?…

Autour des deux adversaires, l'espace parut se déformer. Les parois de la caverne, d'un coup, s'effacèrent. Les rochers brillants, qui figuraient des étoiles, se mirent tous en mouvement, et vinrent de concert se fixer dans un ciel plus noir qu'un océan d'encre. Ne subsistait de la caverne qu'un sol humide et froid, troué et constellé d'abîmes sombres dont on ne pouvait savoir s'il s'agissait d'étendues liquides, ou bien de morceaux de ciel, montés à l'envers. Parfois, dans ces flaques célestes, apparaissaient des silhouettes de créatures difformes. Alexandra comprit que les gardiens vaincus par Dracula venaient de ces abysses étoilés, portails improbables vers d'autres dimensions.

Soryan Nesh se trouva moins déphasé que ses trois compagnons d'infortune, car il avait déjà évolué dans ce genre de paysage. Il s'agissait de l'étendue spatiale qu'il avait vue en rêve, au 48 *bis*, rue des Trois-Frères, au moment précis où il avait frôlé la mort.

Le corps de Viviane, qui semblait se disloquer, prit une teinte verdâtre, inhumaine. Des pans de sa robe, jaillirent des appendices mouvants et visqueux : ses bras s'étaient métamorphosés pour lui donner l'apparence d'une femme-pieuvre, à la fois grotesque et majestueuse. Inès, toujours en suspension dans les airs, lâcha un râle, qui finit en cri. D'un mouvement, Viviane la propulsa jusqu'au fin fond de la caverne, où elle s'abîma sur le sol, dans un vilain bruit.

Viviane commençait à produire des sons féroces, des chuintements horribles, incompréhensibles, comme un écho guttural du sinistre chant de la ronde. Derrière elle, l'espace s'ouvrit plus vastement pour dessiner en quelques secondes l'immense silhouette d'une planète sombre, dotée de trop nombreuses bouches. Lentement, cette planète lointaine *se déplia*. Et l'on vit apparaître la véritable structure d'une immonde entité, un amas de tentacules et de globes iridescents, qui s'interpénétraient et se brisaient sans cesse, en un ballet abject et saisissant.

— Y… Yog-Sothoth, devina Alex, totalement pétrifiée. Je… je… J'ai jamais vu ce genre de…

Émissaire du monstre colossal, Viviane était effectivement le vecteur de son improbable puissance. Mais cette abomination, repue des âmes qu'elle lui avait offertes, paraissait désormais affranchie du rituel de la ronde évanouie. Et prête à se manifester plus concrètement dans notre monde, *pour y régner*.

Alexandra ressentait tout cela. Elle eut l'impression de basculer. Comme au bord d'un trou noir, comme aspirée vers l'immensité d'un vide sidéral qui allait dissoudre son âme et son corps de concert. La jeune spirite, à cet instant, fut sur le point de perdre la notion même de son identité. Au plus profond d'elle-même, elle sut qu'elle allait disparaître, elle sut qu'elle n'était rien... Rien qu'une poussière microscopique, prête à se faire avaler et longuement digérer par une nuit sans fin.

Une pression, sur son bras gauche, la fit sortir un instant de sa torpeur. Le regard bleu de Soryan Nesh se planta dans le sien.

— Alex, tu me donnes ta bénédiction pour utiliser de nouveau ce vilain numéro 21 ?

— P... Parce qu'on a le choix, peut-être ?

Soryan Nesh la gratifia d'un sourire silencieux. De sa main droite et nue, il effleura la cape restée fixée autour de son cou. Quelques runes dansèrent, du fermoir de la cape jusqu'à son visage aux traits changeants. Ses canines de nouveau s'allongèrent, et son teint pâlit.

Sur cette île de roche, arrachée brusquement à la réalité et suspendue quelque part au fin fond du vide spatial, Alexandra comprit qu'il existait un certain nombre de phénomènes que l'esprit humain ne pourrait jamais vraiment appréhender. Notamment cette titanesque créature sans forme identifiable, qu'elle ne parvenait à fixer plus de quelques secondes, sous peine de définitivement sombrer dans la folie. En effet, plus elle regardait Yog-Sothoth, plus il devint évident que son cerveau allait rapidement *exploser* d'horreur. Absolument tétanisée, elle ne put même rien tenter.

Heureusement pour elle, Dracula, lui, n'était plus vraiment humain.

— Pas touche à mon garrrde-manger, l'ancêtre ! grogna-t-il. Ici, c'est chasse réservée !

Il prit une impulsion. D'un bond féroce et surpuissant, le comte vorace se lança en direction du colossal dieu des ténèbres, qui avait eu l'extrême outrecuidance de vouloir dévorer notre monde, sans son assentiment.

Bien entendu, et malgré ses idées de grandeur, le seigneur vampire ne prétendait pas directement affronter le monstre. Car il savait pertinemment qu'il ne valait pas mieux qu'un souffle de vent, face à une sombre divinité capable de subvertir toute réalité !

En revanche, il pouvait toujours s'attaquer à son ancre dans notre monde.

Arrivé au trône de roche, Dracula mordit férocement dans la chair de Viviane. Le sang qu'il y goûta ressemblait moins à un agréable cocktail d'hémoglobine qu'à de l'acide sulfurique concentré, capable de dissoudre ses veines, prétendument immortelles.

À moitié empoisonné, le vampire émit un hurlement de dégoût. La distraction, cependant, suffit à réussir l'impensable : détourner l'attention de la planète vivante et de son vecteur, le temps que Thomas n'arrive une toute dernière fois au bout de sa torpeur.

Les yeux dans la vague, la démarche hésitante, l'adolescent, l'esprit toujours absent, avança vers l'autel. Puis il leva ses mains de somnambule, comme pour s'emparer de la ronde évanouie.

— Ça ne sert à rien, Tom ! lui cria Alex. Inès a essayé avant toi, elle a reçu une décharge qui lui a…

Mais Thomas Marquez ne cherchait pas à saisir les statuettes. Poussé par un incroyable et inconscient désir de survie, il tira de son sac à dos le globe sombre que lui avaient confié Alex et Inès, et qu'il semblait avoir gardé pour cet instant. Sans hésitation, il l'abattit d'un coup sec vers la figurine représentant le maître de la ronde. Comme deux pierres peuvent se briser au contact l'une de l'autre, seul un objet sculpté dans la même matière était capable de l'endommager.

Il y eut bien un éclair lumineux, mais qui n'affecta guère Thomas. Cette résistance électrique passée, le globe dans son poing poursuivit sa course, et la figurine explosa.

Aussitôt, le frêle équilibre fut rompu. Instantanément, l'espace infini se lézarda, pour laisser de nouveau se dessiner les parois de la grotte, qui dans leur grande majorité s'étaient simplement volatilisées.

Bouche bée, Alexandra considéra alternativement son ami au pied de l'autel, et la divinité des ténèbres encore lointaine. Il lui parut soudain que l'impensable forme de Yog-Sothoth se recroquevillait. Elle se fondait dans le cosmos déclinant, s'évanouissait peu à peu de sa vue, se soustrayait à ses pensées.

À quelques pas, Viviane Murillo chancela, le comte Dracula, tenace, de nouveau accroché à son cou. Un tremblement saisit le paysage tout entier, et bientôt de lourds rochers vinrent s'affaisser sur le sol humide, premiers signes que la grotte était en train de s'effondrer.

Alexandra se sentit impuissante : le cocon qu'elle était parvenue à bâtir à la hâte dans une maison en flammes, jamais ne saurait résister à l'incroyable pression de ces rochers.

Les yeux semblables à ceux d'un tigre, le menton dégoulinant de sang noirâtre, Dracula leva le nez, et découvrit une voûte de pierre, qui venait de se substituer au ciel, pour les ensevelir à jamais sous une pluie d'étoiles compactes.

— Oh oh ! dit le vampire. Ce majestueux tombeau posséderait un certain cachet… mais trrrrès peu pour moi, merci !

Il s'élança donc en direction de la sortie. Si quelqu'un pouvait se soustraire à ce piège mortel, c'était bien lui. Car aucun être humain n'aurait su se montrer assez rapide et assez agile, pour slalomer entre ces rochers mouvants.

Arrivé au pied de l'escalier, un doute frappa le vampire.

Sa part d'humanité, qui avait pour nom Soryan Nesh se rappela à lui.

S'en sortir, oui… Mais aider également les autres, peut-être ?…

Perturbé par ces pensées de compassion extrêmement inhabituelles, le vampire jeta un coup d'œil par-dessus son épaule.

Pour acquérir une certitude absolue : même s'il écoutait cette insolite et faible voix qui l'invitait à revenir sur ses pas, jamais il ne pourrait sauver tous ces humains.

CHAPITRE 17

Un visage en plein jour

Lorsque Thomas reprit conscience, le comte Dracula était penché au-dessus de lui, prêt à la mordre. À moins qu'il ne l'ait *déjà fait* ?

Instinctivement, le garçon porta la main à son cou, provoquant une réaction amusée de la part du vampire.

— Ah ah ah ! du calme, jeune garçon. J'avoue avoir été tenté par cette chairrr bien fraîche. Mais nous aurons d'autres occasions de mieux nous connaître, pas vrrrai ?

Ces paroles n'étaient pas innocentes. Thomas se souvint avec un frisson glacé des bravades de Dracula, qui se vantait de manipuler Soryan Nesh plutôt que l'inverse.

Il faisait nuit, bien entendu. Et Thomas avait été déposé, à ciel ouvert, au milieu d'une étendue herbeuse, légèrement vallonnée. Non loin de lui gisaient deux corps féminins inconscients, qu'il ne pouvait pas encore identifier. Une pâle lueur perçait à l'horizon, annonciatrice de l'arrivée prochaine du soleil.

— Vos amies sont sauves. Je les ai regrrroupées, *in extremis*... On ne peut pas en dire autant de l'instigatrice de toute cette sombre histoire. Elle, je l'ai laissée périr, sans trop de regrets, dit Dracula.

Puis il fit face à l'est, et approcha la main de son visage.

— Je dois partir, mais, comme vous l'avez deviné, je ne serai jamais très loin... À très bientôt, cherrrr Thomas !

Le vampire, un sourire en coin, gratifia l'adolescent d'un salut de sa main bandée et griffue. Puis il saisit son masque de lumière et, dans un éclair bleuté, redevint Soryan Nesh.

Thomas ne savait absolument pas ce qu'il s'était passé dans la caverne qui désormais n'existait plus.

À ses côtés, il perçut un gémissement : Alexandra et Inès Murillo n'allaient pas tarder à s'éveiller.

— C'est complètement dingue ! s'exclama Soryan en s'ébouriffant les cheveux. Contrairement à d'autres, ce masque, après utilisation, me confère toujours une forme olympique !... Je me sens plus dynamique encore qu'avant de l'avoir sorti de la mallette !

Ces paroles, alliées aux taches de sang qui coulaient encore du menton de l'Indien, ne rassurèrent pas vraiment Thomas.

★

On ne retrouva jamais le corps de Viviane Murillo, pas plus qu'il ne fut possible d'accéder aux escaliers menant à son tombeau. La maison elle-même, jadis nichée entre deux rochers, s'était affaissée cette nuit-là, ne laissant dans le paysage qu'un amas de débris sans valeur. L'évanouissement d'une propriété d'aspect commun, abandonnée depuis des décennies et à l'écart de toute vie, n'émut absolument personne. Quant à Viviane, rares furent ceux qui apprirent qu'elle avait péri ici, et non dans l'incendie de sa propre maison.

On parla beaucoup, en revanche, de la disparition du jeune et prometteur Paolo Portillo-Deli, cet industriel pas même trentenaire, que l'on découvrit amant d'Armando Murillo. Pour le grand public, une dispute avait éclaté un soir entre le couple Murillo et l'amant découvert. Laquelle avait mené à l'incendie et la destruction totale de leur luxueuse mais vétuste propriété.

Concernant Marisol et Carlos, il ne fut jamais question d'autre chose que de deux malheureux accidents. Inès et Borja préférèrent en rester là, plutôt qu'inventer une histoire rocambolesque tentant d'impliquer Viviane. Et pas question, bien entendu, d'évoquer les forces occultes à l'œuvre, élément qu'aucun média sérieux, même appartenant au groupe Murillo, ne relaierait jamais.

Une dernière réunion eut lieu entre les différents survivants de la malédiction. On évoqua d'abord le cas de Carlos, toujours dans le coma. Les médecins, à son sujet, ne se montraient guère optimistes. Et on ne lui donnait pas une semaine pour s'éteindre lentement. Son frère et sa sœur en paraissaient désespérés.

La mine grise mais fidèles à leurs engagements, ils signèrent le plus gros chèque jamais reçu par l'Agence 100 Visages.

— Voilà qui est amplement mérité, jugea Borja, en

confiant le paiement à une Alexandra qui le remercia poliment. Je suis désolé, les circonstances ne se prêtent pas vraiment à la fête… Mais sachez qu'au nom de ma famille, de ma femme et de mes enfants, vous avez obtenu ma reconnaissance éternelle. En vous amenant ici, l'intuition d'Inès était la bonne : car avec vos multiples visages, vous avez su, finalement, aller droit au but et nous libérer de ce fléau.

Pour tout commentaire, la sorcière, un cocktail à la main, se contenta d'un signe de tête, avant de siroter son verre. Elle portait un décolleté aussi sombre que la chemise de son frère était bariolée. Sur leur gorge découverte, la tache de la malédiction avait disparu. Comme toutes les marques sombres, effacées à l'instant même où Thomas avait lourdement abattu le globe malaisien, en détruisant l'équilibre de la ronde évanouie.

— Si vous êtes satisfait de nos services, faites-nous de la pub, conclut Soryan Nesh, nonchalant.

— Je n'y manquerai pas, promit Borja, dans un sourire moustachu. Vos assistants et vous formez une sacrée équipe. Ne changez rien !

— Moui, moui, on verra bien…

Thomas fut particulièrement vexé par cette boutade : après tout, c'était d'abord à lui que chacun, dans cette pièce, devait sa survie !

Son acte de bravoure, lorsqu'il avait fracassé l'autel, découlait de cet étrange pouvoir qu'il découvrait encore : son étonnante capacité de résistance face au surnaturel. Révélé lors de sa première affaire au sein de l'Agence 100 Visages, ce don paraissait se manifester chaque fois de manière un peu différente, mais toujours pour lui sauver la vie. Face à l'inconcevable Yog-Sothoth, son corps avait plusieurs fois mis son esprit en veilleuse, pour le protéger de la folie. Seul était resté son instinct. Cet instinct qui l'avait automatiquement guidé vers ce qu'il fallait détruire, afin que le monstre disparaisse.

Tant pis s'il ne contrôlait pas vraiment ses incroyables réactions face au danger. Et tant pis si les animaux, à sa surnaturelle approche, se montraient invariablement nerveux.

Son principal grief, à l'égard du dénouement de l'affaire Murillo, concernait sa mémoire défaillante. Pour une fois qu'il avait accompli un acte parfaitement héroïque, en renvoyant chez lui un monstre innommable issu d'une autre dimension, malheureusement, il ne s'en souvenait pas ! Alexandra l'avait maintes fois rassuré : personnellement, elle eût préféré, et de très, très loin, ne jamais avoir ne serait-ce que posé les yeux sur l'abomination dont feu Viviane se trouvait être le vaisseau. Depuis lors, ses nuits étaient peuplées de vifs et trop fréquents cauchemars, qui la laissaient grelottante et blême, abandonnée à ses cruelles angoisses.

Comment paisiblement concevoir, en effet, qu'il existait quelque part dans le cosmos une entité gigantesque et tentaculaire, soudain prête à faire disparaître toute réalité ? Imaginer cette horrible possibilité, c'était déjà avancer d'un pas vers une incurable démence.

Habituée à faire le vide en elle, à se concentrer intensément lors de ses enchantements, la spirite troublée dut enchaîner de nombreux exercices quotidiens, pour recouvrir une certaine tranquillité d'esprit.

Mais elle savait que plus jamais, elle ne serait totalement sereine…

Par certains côtés, cela lui rappelait trop l'Angleterre de Kaitlyn et d'Anthony. Et tout ce qu'elle cherchait déjà à oublier.

À la suite de la chaleureuse poignée de mains dispensée par Borja, Soryan Nesh ramassa la grande mallette qu'il avait posée dans un coin et se la cala sur le dos. Sans cérémonie, il adressa un bref salut à la cantonade. Puis il tourna les talons.

Alex et Tom se sentirent un peu gênés devant le manque flagrant de politesse de la part de leur patron, envers les membres survivants de la famille Murillo. Cependant ils comprenaient son geste : après tout, Inès l'avait maudit, et obligé à enquêter pour eux. De plus, ils commençaient à connaître ce trait de caractère très particulier : arrivé à la conclusion d'une affaire, Soryan Nesh se montrait invariablement expéditif, pour ne pas dire insensible, et pressé de passer à autre chose.

Il trottina devant Inès, sans même lui parler. Depuis l'incident souterrain et la confrontation avec Viviane, ils n'avaient échangé que de rares paroles. Alexandra comprit qu'ils s'évitaient. D'après ce qu'elle savait, la sorcière eût voulu examiner la vaste collection d'artefacts de son patron. L'un d'eux, en particulier, paraissait vivement l'intéresser. Le détective, méfiant, avait refusé net. Pas question de se voir de nouveau envoûté par la jolie sorcière. Entre eux, le ton était monté.

Pourtant, arrivé en cet instant sur le seuil, Soryan Nesh suspendit le pas, puis il leva l'index en l'air.

— Au fait, Inès… Tu ne m'as jamais dit comment tu m'avais impliqué dans cette malédiction.

— Je crois que j'ai fini par deviner, intervint Alexandra, en guettant la sorcière. C'est votre côté caméléon, Soryan… Inès me l'a avoué à demi lorsque nous avons tenté de localiser, ensemble, la ronde évanouie : elle se sait très douée pour amplifier les maléfices déjà existants. Elle a donc préparé son sortilège de duplication puis, quand elle vous a revu à Paris, elle vous l'a appliqué, peau contre peau, en se servant de votre propre pouvoir contre vous-même. Et sans le vouloir, vous êtes un peu devenu son reflet. Un reflet tenace qui, tel un envoûtement bien pensé, vous collait quotidiennement à la peau.

— Le matériau de base n'était guère évident à manipuler, convint Inès. Mais une magie aussi corrosive, aussi pesante, difficile ensuite de s'en dépêtrer… En tout cas, je te félicite, Alex. En plus de te montrer intuitive, je te trouve particulièrement perspicace.

— Comme je le soulignais, reprit Borja, votre équipe possède de très grandes ressources, monsieur Nesh. Alors, prenez-en grand soin.

— Prenez soin de votre famille aussi, répondit Alex, sachant que Soryan ne le ferait pas. Et puis, Inès… vous passerez le bonjour à Théo, j'espère ?

Inès accueillit ces dernières paroles avec discrétion, d'un sourire à peine perceptible. Il y eut encore quelques amabilités échangées, puis bientôt les trois membres de l'Agence 100 Visages se dirigèrent vers une limousine qui devait les mener jusqu'à l'aéroport de Biarritz. Là-bas, un avion les reconduirait à Paris.

Soryan ne prétendit pas se séparer de sa vaste mallette aux trésors. Sans surprise, il préféra la placer à ses côtés, plutôt que l'enfermer dans le coffre de la limousine.

— Ils vont encore m'embêter à l'aéroport, bougonna-t-il. Alors tant que je peux la garder près de moi, je ne me priverai pas de ce luxe.

Ce geste excentrique lui attira les railleries d'Inès. Debout devant le véhicule, la jeune femme finit par murmurer, entre deux rasades de cocktail :

— Te séparer de ta véritable fiancée ? Pas pour tout l'or du monde, en effet.

Alex, Thomas, Soryan, et sans doute Borja sentirent l'amertume sous la remarque, mais nul n'intervint. Les portes claquèrent. Rapidement la limousine fila hors de la propriété Murillo, sur fond de soleil couchant. Intérieurement, Alex se sentait désolée de ne pas avoir aperçu, une toute dernière fois, le petit Théo. Thomas, quant à lui, fixait alternativement le soleil en train de disparaître, la mallette aux merveilles, et Soryan Nesh.

— Toi, tu es encore en train de songer au numéro 21, s'amusa le détective.

— Non… Non, non, non ! mentit le jeune garçon.

— Je dois te prévenir : ne donne pas à ce masque plus d'importance qu'il n'en mérite. Les paroles de Dracula sont l'une de ses armes les plus tranchantes, Thomas. Il s'en sert pour tenter d'étendre un pouvoir qu'il ne possède pas ! Allons, n'aie crainte : il n'est qu'une simple facette de mon talent, rien d'autre. Et désormais sa cape, pliée dans son compartiment, ne possède guère plus de volonté que n'importe quel bibelot sagement rangé sur une poussiéreuse étagère.

Thomas voulut protester quelque chose, mais il se ravisa, et se contenta de hocher silencieusement la tête. Son attention se reporta sur le paysage de collines caillouteuses et de végétation asséchée par le soleil, qui défilait maintenant à grande vitesse.

Malgré tout, ses pensées restaient fixées sur ce seul sujet. Le vampire avait-il dit vrai ? Soryan Nesh n'était-il qu'une de ses marionnettes, plutôt que l'inverse ?

L'épisode de la cave se trouvait déjà loin, et la malédiction Murillo avait été brisée. Pourtant, les ultimes paroles prononcées par Dracula résonnaient encore, écoulant en son cœur ce poison insidieux, secret et subtil, que l'on nomme le doute.

Quelques minutes passèrent en silence. Puis Alexandra, soudain, se tourna vers Soryan, car un détail la travaillait.

— Avant de venir ici, vous saviez qu'Inès avait un fils ?

— Je te vois venir, Alex-du-courrier-du-cœur. Si tu crois que c'est le mien, tu te fourres le doigt dans l'œil jusqu'aux omoplates.

— Oui, bon, ça, j'avais compris, je ne suis pas aveugle… Mais qui est le père ? Elle semble vivre seule avec cet enfant, et le tient éloigné du monde, comme on garde un grand secret.

— Lorsque nous nous sommes rencontrés, dans le sud de la France, Inès était déjà maman, et trimballait son bébé partout. Mais je suppose que tous les malheurs qui l'ont frappée l'ont depuis rendue prudente et réservée. J'ai souvent vu Théo, mais franchement, il ne doit pas se souvenir de moi… Quant à son père, je ne l'ai jamais connu. Bref, c'est du passé, tout ça !

Par la suite, Soryan ne prétendit plus aborder le sujet, et le silence tomba de nouveau dans la voiture.

Thomas, qui émergeait de ses pensées, finit par déclarer, un peu abruptement :

— N'empêche, si je résume, on est venus en Espagne afin de briser une malédiction jetée par l'adoratrice d'un dieu sombre antédiluvien qui, depuis l'espace, profitait de cette hécatombe pour asseoir son pouvoir sur notre monde, en attendant de venir personnellement nous dévorer… J'ai bon ?

— C'est une façon de voir les choses, sourit Soryan. Viviane visait aussi l'immense fortune de sa famille pour elle seule. On ne saura jamais, je l'espère, si cette pseudo-divinité était effectivement capable de ravager notre planète. Et ça me va très bien comme ça !

— On peut même changer illico de sujet, frissonna Alexandra. Franchement, je préfère !

Thomas fit la moue.

— Jamais je n'en parlerai ! Si mes potes l'apprennent, ils me prendront pour un fou. Et si je raconte la vérité à mes parents, plus jamais ils ne me laisseront traîner avec vous deux !

Soryan et Alex rirent de bon cœur.

— Vous allez me trouver étrange, mais je songe encore à Viviane, avoua la spirite. Elle a été vite abandonnée par son protecteur, l'adoratrice ! Broyée sous des tonnes de rochers, à cause du passage qu'elle avait commencé à lui ouvrir pour qu'il débarque parmi nous…

— Comme quoi, un dieu sombre et galactique, ce n'est pas super reconnaissant ! résuma Thomas.

Sur son siège, Soryan Nesh s'étira. Puis il joignit les mains derrière la nuque.

— Contrairement à ce qu'elle pensait, Viviane Murillo était juste un pion, manipulée par des forces gigantesques. Je l'en avais avertie… 'M'en voulez pas si je ne pleure pas trop sur son triste sort !

Thomas secoua la tête.

— Personnellement, je n'ai pas vu le truc venir. Tout le monde nous disait que Viviane était une femme sans histoires, et…

— Tout le monde, non, corrigea Soryan, catégorique. Sur ce sujet, on a juste reçu le ressenti d'Inès, et…

L'enquêteur stoppa net, en plein milieu de sa phrase. Une pensée était venue parasiter son analyse. Cette pensée particulière se raccordait plus ou moins consciemment à quelques menus détails, quelques failles apparemment insignifiantes, dans le vaste canevas finement tissé par l'affaire Murillo.

Et si… ?

Alexandra, qui avait l'habitude d'observer les mimiques de son patron, devina que quelque chose le tracassait.

— Que se passe-t-il, Soryan ? Vous paraissez songeur.

L'enquêteur agita aussitôt les mains, comme s'il venait de se brûler.

— Non, non. Ce n'est rien. Rien du tout ! Un peu de fatigue, voilà. Allez hop. Repos. C'est l'heure de la sieste !

Alex insista, Thomas s'en mêla, mais Soryan Nesh avait déjà remonté le col de son pardessus, et s'était enveloppé dedans. Il ne voulait plus réfléchir, il ne voulait plus en parler, trop heureux d'avoir empoché le pactole et de laisser loin derrière lui San Sebastián, l'Espagne, les amantes revanchardes, les malédictions improbables et les divinités ingrates.

Peu à peu, il se laissa bercer par la route, s'imaginant déjà de retour chez lui, à patiemment organiser une nouvelle cascade de dominos tout en écoutant une comédie musicale de Bollywood.

La vraie vie, en somme.

Peu à peu, le sommeil le gagna, comme il finit par gagner Thomas et Alexandra. Aucun des trois passagers de la limousine ne remarqua donc ce cahot très particulier de la route, qui fit sortir l'un des objets jalousement gardés par Soryan Nesh de son compartiment, comme un diable à ressort surgit de sa boîte.

La mallette aux merveilles était ouverte. S'était-elle ouverte toute seule ? Cela ne se pouvait, bien entendu…

Par une torsion assez improbable, cet objet très particulier, qui n'occupait pas l'espace réservé au prince des vampires, mais plutôt le long compartiment numéro 3, se trouva bientôt en contact direct avec la main droite de Soryan Nesh. Laquelle, hasard extrême ou nouvel élément hautement invraisemblable, apparut partiellement dénudée, car le pansement qui l'enveloppait semblait s'écarter tout seul.

Du pommeau de l'épée s'écoulèrent quelques runes bleues, qui bientôt vinrent s'imprimer sur la peau de l'enquêteur indien. Celui-ci, comme électrisé, se porta mécaniquement la main au visage, dans un demi-sommeil.

Quelques secondes plus tard la limousine fit une vive embardée. Elle s'arrêta net. Puis le moteur gronda, et, dans un nuage de fumée, le véhicule effectua un demi-tour complet. En reprenant, à très vive allure, la direction de la propriété Murillo.

Car en réalité, rien n'était résolu.

CHAPITRE 18

LE TESTAMENT DE MAGDELEINE

Quatre années, huit mois, et vingt-deux jours auparavant, une jeune femme, une épée sous le bras et un bébé sur le dos, entrait dans un café. Lasse, abattue, elle s'installa d'un pas traînant à l'une des tables isolées de la cour intérieure, à côté d'un éclatant bougainvillier. La jolie brune venait de pleurer, et dissimulait assez mal sa peine. D'un revers de main, elle essuya une larme qui avait tracé son sillon jusqu'au grain de beauté posé au coin de sa joue.

Sur la table de bois, elle déposa d'abord un grand sac de toile, puis un long fourreau. Ensuite, délicatement, elle plaça le bébé, toujours harnaché au fond du siège à bretelles qu'elle emportait partout. Dans un soupir, elle caressa le minuscule visage de son petit garçon. Une nouvelle larme coula.

Lorsque le serveur lui tendit son verre, elle détourna pudiquement le regard, puis marmonna un remerciement, à peine perceptible. Caressé par le doux soleil du printemps, l'enfant qu'elle avait amené avec elle babilla joyeusement. Ce petit cri lui apporta un peu de baume au cœur, mais en même temps lui rappela la raison de sa présence dans ce petit bourg du sud de la France, et tout ce qu'il lui restait de ses amours passées.

Un enfant et quelques bibelots, dont une vieille épée.

— Qu'est-ce que je vais faire sans toi, moi, maintenant ? demanda-t-elle, en s'adressant à quelqu'un qui ne la serrerait plus jamais dans ses bras. Ça t'amuse peut-être, de nous laisser seuls, Théo et moi ? Franchement, qu'est-ce qui t'a pris de mourir d'un coup d'un seul, *estúpido* ?

De son sac, elle tira un biberon de lait aux céréales, que le jeune garçon attrapa vivement. D'un trait, elle vida le verre de cognac qu'on venait de lui servir. Puis elle plaça son visage sur son poing fermé, et ses yeux sombres se perdirent dans la brise tiède et les souvenirs de jours sans soucis.

Au bout de quelques instants, une voix interrompit sa rêverie.

— Hum, ça vous dérange… si je me joins à vous ?

La jolie veuve leva le nez et offrit à l'inconnu qui venait de l'aborder son air le plus revêche.

— Parce qu'il vous semble que je suis d'humeur à supporter la compagnie d'un parfait inconnu qui ne possède pas suffisamment d'éducation pour savoir quand il faut laisser une jeune maman tranquille ?

Sans vraiment se soucier de sa réponse, l'homme déposa son cabas non loin de celui de son interlocutrice, s'installa en face d'elle, et lui tendit la main droite. Laquelle possédait un léger pansement, enroulé autour de la paume.

— Je m'appelle Soryan, dit-il. Soryan Nesh. Et vous, vous êtes Inès Murillo, pas vrai ?

La jeune brune ignora la main tendue, et dévisagea l'Indien décoiffé qui lui faisait face.

— Vous avez vu mon visage dans quelques tabloïds espagnols, c'est ça ?

— Je viens surtout de vous louper chez le notaire, sourit Soryan, en triturant la courte cicatrice qui barrait sa pommette gauche. Vous étiez la seule parente connue de feu Laurent Gaultier. La mère de son enfant. Et tout ce barda, ce sont les quelques objets qu'il vous a légués, pas vrai ? On ne peut pas dire qu'il roulait sur l'or…

— Vous souhaiteriez que je vous confirme tout cela ? Dans vos rêves ! Oh ! *soy estupida* ! Vous êtes employé par l'un d'eux, bien sûr ! Alors, à quel torchon appartenez-vous ? *Hola* ? *People* ? *Diez minutos* ?

— Ah, non, aucun de vos tabloïds, affirma l'Indien en s'ébouriffant les cheveux. Je suis détective. Enfin, aventurier, plutôt… Enfin, c'est compliqué !

— Waouh ! un aventurier-détective, alors, résuma-t-elle, faussement impressionnée. Et je suis censée gober tout ça, avant de pleurer sur votre épaule, peut-être ?

— Non… Je ne cherche pas ce genre de choses. Ni larmes, ni confessions… En réalité, c'est cet objet-là, qui m'intéresse. » Du doigt, il pointa la vieille épée, sagement rangée dans un fourreau. « Cette antiquité, je la piste depuis quelques semaines et, lorsque je l'avais enfin localisée, vous me la subtilisez, presque sous le nez, si j'ose dire…

— Je vous la *subtilise* ?… Elle me revient de droit, je vous signale !

— Certes. Car votre défunt compagnon en était l'héritier… Ce fleuret, il a été transmis, de génération en génération, jusqu'à lui, depuis le XVIIe siècle. L'arme appartenait à un gentilhomme tout à fait exceptionnel. Et, après ce gentilhomme, à une certaine Magdeleine Robin. Par testament, elle a demandé que le fleuret demeure pour toujours dans sa famille…

Entre Inès et Soryan, un ange passa. L'Indien crut donc que ses paroles avaient marqué la belle. Mais tout ceci, Inès l'avait déjà appris face au notaire, quelques instants auparavant.

— Alors, vous êtes historien et antiquaire, aussi ? Vous allez me proposer un prix, pour cette relique ?… Non mais allez-y, impressionnez-moi. Je suis issue d'une très riche famille, alors vu votre dégaine, c'est loin d'être gagné.

Face à Inès Murillo, Soryan Nesh joignit les mains, index relevés, posés sur les lèvres.

— Je n'ai pas vraiment d'argent. En fait, je crois que je suis encore plus fauché que votre ex-compagnon…

— Ah ! Dans ce cas, vous ne manquez pas de culot ! s'exclama bruyamment la jeune mère, en faisant sursauter son petit Théo. Et vous croyez que je vais vous donner ce fleuret, simplement par admiration soudaine et béate ?

— Bien sûr que non… Cela étant dit, je pense pouvoir vous offrir quelque chose en retour. Quelque chose d'inestimable, et qui manque cruellement à votre vie.

Une nouvelle fois, Inès lui décocha une moue dubitative.

— Et ce quelque chose, ce serait… ?

— Ce quelque chose, cela s'appelle l'*aventure*, dit-il.

★

La nuit était déjà tombée depuis de longues minutes lorsque la limousine blanche fusa en direction de la propriété Murillo, plus qu'elle n'y roula. Le conducteur, peu habitué à cette allure, était pressé par les trois occupants qu'il n'avait finalement pas raccompagnés à l'aéroport, et par l'un d'entre eux en particulier.

Mais il ne s'agissait ni d'Alex, ni de Thomas, ni même de Soryan.

Celui qui houspillait le pauvre employé depuis près de trente minutes se faisait souvent appeler « monsieur de Bergerac », et se prénommait Cyrano.

— Dépêchez-vous, cocher ! Fouettez vos chevaux !

» D'ailleurs, où se cachent-ils ? Je n'entends leurs sabots.

» S'ils sont sous nos fauteuils, blottis tels des poussahs

» Comment voulez-vous donc qu'ils galopent fissa ?

Pour le calmer, Alex et Tom avaient expliqué au vigoureux épéiste le principe du moteur à essence, et surtout les subtilités du Code de la route. En pure perte ! Sans cesse rabroué, le docile chauffeur espagnol au volant de la limousine avait fini par écraser l'accélérateur, au mépris des multiples procès-verbaux qu'il encourait. Malgré ses efforts, Cyrano ne le ménageait guère.

— Palsambleu ! Ces engins, pourquoi donc les construire

» Si de cette puissance on ne sait se servir ?

» Trois cents chevaux vous dites ? Mais vous n'avancez pas !

» La jauge monte à deux cents, allez, donnez-moi ça !

Il voulut s'emparer du volant. Le véhicule fit une dangereuse embardée, tout près d'un camping-car qui cheminait en sens inverse. Heureusement, Manolo, le chauffeur, ne manquait pas de réflexes. Et le quatuor mal embarqué évita l'accident d'extrême justesse. Par la suite, Alex et Tom, bleus de peur, conjuguèrent leurs efforts pour surtout dissuader Cyrano de recommencer.

Enfin, ils arrivèrent à destination, et franchirent les luxueuses grilles du domaine Murillo. À peine la voiture stoppée, le bretteur à long nez sortit en trombe du véhicule, les deux adolescents sur ses talons.

Ensemble, ils déboulèrent dans l'un des grands halls, sous le regard ahuri des domestiques qui pensaient ne plus jamais les revoir.

Ce qui motivait Cyrano, c'était un sentiment impérieux, intense, urgent. Parce que, si l'étincelle avait surgi d'un raisonnement formulé par Soryan, et faillit aussitôt s'éteindre par simple paresse, depuis, le feu avait été mis aux poudres par la fusée escrimeuse, laquelle se dirigeait désormais à vitesse grand V vers son objectif.

La course du bretteur possédait quelque chose de splendide et de désespéré. Elle était le dynamique prolongement d'une intuition d'une extraordinaire véhémence. Depuis les limbes, chaque atome du spectre de monsieur de Bergerac avait perçu un imminent péril qui planait encore sur la lignée Murillo, et qu'il lui fallait absolument contrer ! Impétueux, il avait dépassé l'indolente résistance de l'esprit qui d'habitude le commandait. S'emparant seul du corps de Soryan Nesh, il s'était imposé, plus vif, plus robuste et plus déterminé que jamais.

Soryan Nesh, balayé, répondait donc aux abonnés absents. Ce que Dracula n'avait fait que promettre, à savoir mettre totalement en veilleuse celui qui pillait allègrement ses facultés, l'épéiste poète venait de l'accomplir.

En réalité, rien au monde, pas même la mort, n'avait su en cet instant barrer la route et entacher la surnaturelle volonté de Cyrano.

— Nous avons, tous les trois, amis, une mission.

» Si nous devions faillir, nous le regretterions !

Dans les sinueux couloirs de la propriété assaillie, Cyrano de Bergerac agitait désormais le fleuret devant le nez de chaque nouveau domestique rencontré.

— Nous cherchons dame Inès, hâtez-vous, c'est urgent.

» Si vous me la cachez, je fais couler le sang !

Pourtant, malgré ses menaces répétées, personne ne sut le renseigner. À bout de patience, il attrapa l'un des majordomes par le col, avant de le retourner, tête à l'envers, de le coller contre un rideau, et de pointer son fleuret à quelques millimètres à peine de son œil gauche.

— Eh bien, où donc est-elle ? Vas-tu parler, coquin ?

» Faut-il que je t'embroche pour le savoir enfin ?

— Euh, votre méthode n'est sans doute pas la bonne, intervint Alexandra. Et si vous reposiez ce pauvre type ? Ainsi, il pourrait vous répondre beaucoup plus sereinement.

Mais le majordome à l'envers, qui visiblement comprenait le bretteur en furie, parvint tout de même à lui répondre, dans un français impeccable.

— Je sais où elle est ! Je sais où elle est ! Elle est partie en voiture, *hace quince minutos*, pour une promenade en bord de mer. Elle a roulé en direction du phare. Je vous indiquerai le chemin, mais retirez ça de mon œil, *por el amor de Dios* !

— Hé ! Regardez un peu ce que j'ai trouvé !

Alex et Cyrano, d'un même mouvement, pivotèrent vers le garçon qui venait de les interpeller. Cérémonieusement, Thomas tendit au bretteur un objet brillant, qui le fit amplement sourire, car Cyrano savait déjà quel usage il souhaitait en faire.

★

Face au reflet de la lune qui s'étirait sans fin sur les vagues de l'océan Atlantique, Inès Murillo accusait le coup des dernières tragédies.

Laurent. Ses parents. Armando. Marisol. Les machinations de Viviane. Le coma de Carlos.

Fort heureusement, l'épais nuage noir qui jusque-là planait au-dessus de sa tête paraissait enfin vouloir se dissiper.

— Cette fois, espérons-le, c'en est fini, et pour de bon !

À cette pensée, elle leva un verre de cristal, puis entama la bouteille de vin rouge amenée ce soir. Un alcool plus doux que le cognac, le whisky, ou le rhum habituels. Un petit pas vers une sobriété qu'elle visait à plus long terme. À quelques mètres d'elle, le petit Théo s'amusait avec un morceau de ruban, qui ondulait au vent.

— Ne joue pas trop près du bord de la falaise, *cariño*, lui intima Inès. Si nous pouvions éviter d'alourdir l'addition de la famille, cela nous ferait un bien fou !

— Le vent ne parvient pas à chasser tes sombres pensées, *mi hermana* ? demanda une voix d'homme, dans son dos.

Sans le vouloir, Inès sursauta.

— Oh ! c'est toi, *tio Borja* ! s'exclama spontanément Théo, en se jetant dans le bras de son oncle.

— Borja… répéta Inès. Qu'as-tu donc ramené ? Une bouteille de rhum ?

— Une bouteille de Millonario, ton préféré, sourit son frère. Franchement, tu l'as méritée !

Il lui tendit le flacon débouché, s'attendant à la voir l'agripper. Mais Inès repoussa l'alcool ambré, en secouant la tête.

— Non… J'ai pris une bonne résolution, ce soir. Dans mon intérêt, et dans celui de Théo. L'alcool fort, c'est terminé pour moi !

— Alleeez, insista Borja, enjôleur. Je n'ai pas acheté ton rhum favori pour me l'enfiler tout seul, comme un vieux poivrot. Prenons-en une bonne rasade, on a besoin de ça !

Inès Murillo considéra alternativement sa voiture à l'arrêt, son fils reparti jouer trop près du vide, et la tentante bouteille dans la main de son frère.

— Ma parole, tu veux me saouler, ou quoi ?

Borja ne dit plus rien. Entre eux, il y eut un silence. Visiblement, jamais Borja n'avait envisagé qu'elle puisse refuser un tel cadeau.

Une drôle de pensée traversa soudain l'esprit d'Inès. Elle venait de naître du regard dépité de son frère, souligné par une étrange expression qu'elle ne lui connaissait pas. Borja se montrait habituellement si souriant, si prévenant… Une telle manifestation de déception, teintée de colère, ne lui convenait pas du tout ! Elle regarda encore la falaise face à elle. Sa voiture, loin de tout témoin. Son fils, si jeune et sans défense. Soudain, ses yeux s'écarquillèrent, et un souvenir qu'elle pensait à demi effacé revint à la surface.

Elle revit la maison biscornue nichée au creux des rochers, une promenade semblable à celle de ce soir, et quelques passes magiques, murmurées par son aîné. L'entrée de la caverne… Trop jeune, trop craintive, elle n'avait osé s'y aventurer. Mais lui, si.

Car ce n'était pas Armando, à ses côtés, ce jour-là. C'était Borja.

Celui-ci ne savait pas encore ce qu'il allait trouver dans la caverne, ni ce qu'il pourrait en faire. S'il l'avait su, il se serait montré plus prudent…

— *Mi hermano*, murmura Inès, tu n'as quand même pas…

— Tu sais ce que l'on dit, ma sœur, sur la fortune… Plus on a d'argent, et plus on souhaite en posséder… Je n'ai pas le génie de papa en affaires, bien sûr. Mais s'il le faut, je sais aller plus loin que lui. Quel dommage que Viviane n'ait pu finir le boulot…

D'un mouvement coulé, il fut aussitôt sur Inès. La sorcière voulut tenter quelque chose, mais l'incantation demeura coincée au fond de sa gorge, tandis que les doigts de son frère lui comprimaient le cou, serrant de plus en plus fort, jusqu'à l'explosion.

Inès ne manquait pas de ressources, mais Borja possédait une silhouette massive, et pesait de tout son poids. Quelques mètres plus loin, Théo courait entre les rochers. Inconscient du danger mortel dont il allait être la proie dans les secondes à venir.

En cette soirée estivale, et contrairement à ses habitudes, Borja avait agi par impulsion, et s'en félicitait.

Mais une voix résonna dans son dos. Une voix pleine et résolue, qui lui adressa cette claire mise en garde :

— Vu l'usage que vous faites, monsieur, de vos deux mains

» Les trancher tout de suite, pour sûr, me plairait bien.

» Mais nous sommes tous deux éduqués je l'espère.

» Alors nous nous battrons. Allons ! Croisons le fer !

Borja se retourna et découvrit un objet long et brillant voler dans sa direction. Pour ne pas être blessé, il le saisit au vol. Il s'agissait de l'épée que Thomas venait d'emprunter chez les Murillo. Cyrano l'avait gardée en prévision de ce duel, et venait de la jeter à son futur adversaire. Régler ainsi les problèmes, l'épée à la main, avait toujours été sa ligne de conduite.

Hésitant, Borja Murillo leva la lame. Cyrano de Bergerac, en garde, pointait déjà la sienne sur son visage.

Alex et Thomas, en léger retrait, toisaient Borja d'un regard sombre, mêlé de stupeur et de dégoût. Mais l'œil de Cyrano, lui, brillait d'une lueur bien plus vivace. Car il savait qu'en cet endroit, il allait pouvoir honorer une promesse faite à Inès, quelques années plus tôt : celle de veiller sur la descendance de sa bien-aimée Roxane, par-delà sa propre mort.

Une admirable façon de ressusciter son ardent amour, et de s'inscrire avec Roxane dans l'éternité.

CHAPITRE 19

Le serment de Cyrano

Sous les étoiles scintillantes, Cyrano de Bergerac bataillait contre le véritable instigateur de la malédiction Murillo.

Thomas s'était occupé d'Inès, encore sous le choc. La jeune maman respirait difficilement. Quant à Alex, elle avait calmé le petit Théo, qui ne comprenait pas bien ce qui était en train de se passer.

— Pourquoi *tio Borja* se bat-il avec le monsieur à long nez ?

— On va dire que, hum… c'est une histoire de grands. Ne t'approche pas, surtout !

— On a fait le plus vite possible, expliqua Thomas à Inès. Mais on ne connaît pas bien la route, alors, à un moment, on a continué à pied. Heureusement, on vous a trouvée !

— Je… Pourquoi je n'ai pas deviné ? déplora Inès, d'une voix rauque. Borja ?…

— Je suppose qu'il doit être difficile d'imaginer son

propre frère, dans ce genre de rôle, tenta Thomas. Si j'ai bien compris ce que nous a expliqué Cyrano, Soryan s'est souvenu de quelques détails, qui, assemblés bout à bout, lui ont mis la puce à l'oreille.

Alex hocha du chef.

— La ronde évanouie, d'abord… Elle contenait une figurine ébréchée. Donc peut-être une personne marquée par la malédiction, mais pas vraiment concernée par elle. Apparemment, juste après la mort de Marisol, Soryan avait effectué quelques recherches de son côté. Et il s'avère que de tous les membres de la famille, les accidents dont Borja avait prétendu être la victime n'ont en réalité jamais connu un seul témoin. Il a donc très bien pu les mettre en scène.

— Quand on est millionnaire, se séparer d'une voiture en la balançant dans le décor, ce n'est pas la fin du monde ! analysa Thomas.

— Borja n'était donc… pas vraiment affecté par la malédiction ? Mais comment… ?

— En tant que maîtresse de la ronde, Viviane a dû truquer le jeu pour son complice, continua le garçon. Selon Borja et vous-même, Viviane n'était pas du tout versée dans la sorcellerie. Vous, vous le pensiez vraiment, bien sûr… Mais sur ce point, Borja, lui, devait mentir.

— Soryan a deviné que ces deux-là étaient amants, fit Alex. Carolina Aguilar l'a mis sur la piste, en évoquant le penchant des hommes de votre famille pour les blondes qui cachent bien leur jeu. Soryan a d'abord cru qu'elle suggérait une possible relation entre Carlos et elle. Mais, à demi-mot, cette industrielle très bien renseignée lui parlait sans doute de la liaison de Borja avec la blonde

Viviane. D'autant qu'il existait un accès à sa propriété, qu'elle avait demandé à son jardinier de ne pas réparer. De quoi recevoir son beau-frère, lorsque son mari était à l'étranger... Ironiquement, c'est ce même passage qui a été fatal à l'amant d'Armando.

— Une vraie *telenovela* typiquement espagnole, mais avec supplément monstre à tentacules, résuma Tom, d'un ton expert. Les meilleures !

— Je n'en reviens toujours pas... Borja comme Viviane, adorateurs d'un dieu sombre ?...

— Euh... sur ce point précis, nuança Alex, je me demande si Borja ne se fichait pas un peu des inclinations de Viviane, et s'il ne s'est pas juste servi d'elle. L'important, pour lui, c'était peut-être bien de tous vous éliminer. Et je suppose qu'il aurait fini par supprimer Viviane de l'équation, d'une façon ou d'une autre...

Les mains ouvertes, Thomas remarqua :

— Profiter d'une malédiction pour voir s'accumuler les cadavres, et empocher tous les profits générés par l'empire Murillo, sans se salir les mains, l'opération est bonne, non ?

— Oui, sauf que visiblement, quand sa chance a tourné, il s'est trouvé pressé de terminer le travail... Vous l'avez échappé belle !

À quelques mètres d'eux, un cri rauque détourna leur attention : Borja Murillo, l'épée toujours à la main, venait d'être touché par Cyrano. Le trentenaire se tint l'épaule, désormais mouchetée de sang. Adolescent, il avait pris des leçons d'escrime. Il lui en restait quelques rudiments. Mais il n'était clairement pas de taille à affronter l'un des meilleurs bretteurs de tous les temps.

— Eh bien ! Est-ce donc ainsi que vous maniez l'épée ?
» Ma grand-mère, je le crains, sur vous l'emporterait.
» Un manchot vous surpasse, un enfant vous devance !
» De vous, ils riraient bien, en toute connivence.

Pirouettant entre les rochers, Cyrano s'amusait ostensiblement à tourner Borja en ridicule. Le riche héritier, échauffé, ne cherchait même plus à se justifier. Telle une bête sauvage acculée, il n'était plus que rage. À plusieurs reprises, il tenta de trouver la faille au milieu des facéties de Cyrano, pour définitivement le faire taire. Peine perdue ! L'épéiste, trop à l'aise, était en train de l'épuiser. Tout en le tenant à distance, il bondit sur un promontoire rocailleux, et lui signifia sa supériorité :

— J'ai cru, un doux instant, avoir trouvé en vous
» Un vaillant adversaire. Quelle erreur, je l'avoue !
» Car d'un bœuf essoufflé vous avez la prestance.
» Et d'un tendre poussin à peine la résistance.
» J'aurais pitié de vous si vous n'étiez aussi
» Un ignoble assassin et, des humains, la lie !

Alors, sans cérémonie, Cyrano décocha un coup de pied dans le torse de Borja. Lequel recula, trébucha, battit des bras, puis tomba lourdement sur le sol caillouteux, tête la première.

— Ouchhhh ! firent en même temps Tom et Alex, qui n'auraient pas voulu se trouver à la place du millionnaire.

— *Hijo de pu…* », commença à rugir Borja. Mais son juron se perdit dans une bulle de sang, qui coulait de son front et maculait l'herbe sous lui. « Tu… vas me payer ça.

— Je crains, mon cher Borja, que vous serez celui
» Qui paiera tous ses crimes, pas plus tard qu'aujourd'hui.

Se servant du corps d'acrobate qu'il avait hérité de

Soryan Nesh, Cyrano de Bergerac effectua un double salto aérien, et zébra le ciel de deux coups de fleuret vengeurs.

Désarmé, blessé aux jambes et au torse, Borja s'affaissa à genoux. S'en était fini du duel à l'arme blanche. Mais Cyrano, lui, était loin d'avoir terminé son numéro.

Son long profil se découpa sur la lune, astre qu'il considéra un instant, avant de soupirer longuement. Puis il s'assit sur un rocher, et, soudain, ressentit le besoin de s'épancher face à son adversaire.

— Vous ne savez, bien sûr, pourquoi je suis venu.
» Pourtant, je dois ce soir mettre mon âme à nu.
» L'enveloppe que j'anime, ce corps endommagé
» Je ne le détiens pas, n'en suis qu'un passager.
» L'histoire a commencé il y a quatre ans déjà
» Autour d'un guéridon, d'une planche de ouija.

Les assistants de Soryan Nesh, à cet instant, ne pipèrent mot. Car depuis le temps qu'ils travaillaient à l'Agence 100 Visages, jamais ils n'avaient vu un masque vouloir se confier de la sorte. Récemment, il y avait eu l'épisode Dracula. Mais il s'agissait, avec le recul, plus d'un stratagème que d'une confession. Jamais ils n'avaient vraiment su comment leur patron convoquait ces âmes célèbres, tels le seigneur vampire et le bretteur gascon.

Avides des secrets dont Soryan se faisait le mutique gardien, ils étaient donc accrochés aux lèvres du Cyrano indien. Lequel poursuivit, en marchant de long en large.

— J'étais spectre égaré, fouetté aux quatre vents
» Habillant mon ennui dans un brouillard prégnant,
» Coincé entre deux mondes, ombre que l'on ignore,
» Conscient de mon état, mais ni vivant, ni mort…

» Soudain, une lumière, un appel impérieux
» M'éleva de ces limbes, me fit fendre les cieux.
» Je ne pouvais lutter, c'était plus qu'une envie,
» Un absolu besoin, un retour au pays !
» Je franchis un rideau pour trouver tout à coup
» La morsure du soleil, la brise dans mon cou,
» Tous mes sens en émoi, et, comble de fierté,
» Un cœur dans ma poitrine. Ô, stupeur ! Il battait !

— Je m'en souviens très bien, dit Inès. J'étais là…

Les yeux de Cyrano se posèrent doucement sur le visage d'Inès Murillo. D'abord, Alexandra crut deviner que le bretteur la dévorait des yeux.

— Alors, ce n'est pas Soryan, mais bien Cyrano, qui est amoureux d'Inès, chuchota-t-elle.

— Tu crois que c'est pour ça qu'il contrôle aussi bien le corps de Soryan ? demanda Thomas, sur le même ton. D'habitude, c'est un masque plutôt docile, mais là…

— Mais là, je n'oserais même pas le lui enlever, confia Alex. J'espère qu'on ne fait pas une très grosse bêtise…

D'après ce qu'elle avait lu sur lui, Cyrano, de son vivant, avait surtout aimé la belle Magdeleine Robin, également appelée Roxane. Laquelle avait vécu plusieurs siècles auparavant, et les dernières années de sa vie dans un couvent. Sur la fin de sa propre existence, Cyrano était allé voir son amie devenue religieuse, et avait enfin osé lui déclarer sa flamme.

Seulement il était mort à ses pieds, et leur histoire n'avait jamais eu lieu.

Doucement, l'épéiste progressa en direction d'Inès et de son fils. D'une voix feutrée, il poursuivit son récit :

— Observant mes deux mains, tout restait irréel.

» Ma peau parut hâlée, couleur de caramel.
» J'étais donc un esprit, un fantôme incarné.
» Pourtant dans le miroir, je reconnus mon nez.
» De ce corps un moment j'avais pleine maîtrise
» Mais je n'étais alors au bout de mes surprises.
» Autour de cette table où je fus convoqué,
» Nul homme à part moi-même, sur une chaise, un bébé !
» Une petite merveille, un garçon fier et beau.
» Plus tard, il me fut dit, que c'était toi, Théo.

Le jeune enfant, les yeux ronds, observait ce curieux personnage qui s'exprimait si étrangement, et qu'il ne se souvenait pas avoir déjà croisé. Cyrano posa une tendre main sur sa chevelure châtain clair. Puis il tourna la tête vers Inès.

— Enfin, à ses côtés, une brune incendiaire
» De l'Espagne le sel, et de Théo la mère.

Théâtral, l'épéiste fit la révérence. Il prit délicatement la main d'Inès Murillo, et effectua le baisemain. Mais bientôt, son attention se reporta sur Théo. Il mima le trouble qu'il avait ressenti, face à cet enfant, lors de son premier retour sur Terre, au cours de cette séance de spiritisme orchestrée par un Soryan Nesh qu'Alex et Tom imaginaient débutant. Cyrano de Bergerac pointa le petit garçon du doigt.

— Alors, je fus saisi par cette ressemblance,
» Tes cils, tes yeux, tes joues, cette tendre apparence…
» Impossible ! Et pourtant, j'avais, lueur diaphane,
» Devant moi ce prodige : le fils de ma Roxane !

Rejouant toujours la scène, l'épéiste recula de deux pas. Sur son visage se lisait le trouble qui s'était jadis emparé de lui.

— Bien vite je compris les tenants de l'affaire.

» Les siècles avaient passé, nous n'étions plus hier.

» Il y avait eu un bond de quatre cents années.

» Du giron de Roxane, une famille était née.

D'un mouvement de tête, Inès Murillo confirma ces paroles.

— Laurent Gaultier, feu mon compagnon, était effectivement son descendant, révéla la sorcière. Voilà pourquoi il possédait le fleuret que Roxane avait hérité de vous, Cyrano. Elle l'avait conservé, c'était son bien le plus précieux. Si précieux qu'à sa mort, Magdeleine Robin, alias Roxane, demanda expressément que l'arme demeure, un peu comme une relique, au sein de sa famille. Laquelle prospéra plusieurs siècles. Avant, malheureusement, de s'étioler peu à peu.

— Ce qui fait de Théo, maintenant, l'unique descendant de Roxane, devina Thomas. Waouh !... Quelle histoire !

— Mais... je croyais que Roxane était entrée dans les ordres, intervint Alex. Elle n'a donc pas fini religieuse ?

Visiblement, Cyrano l'avait pensé aussi. Avant, revenu de la tombe, de découvrir la vérité.

— À mon décès Roxane avait pris conscience

» Qu'elle avait encore droit à la douce insouciance.

» Plutôt que de souffrir, elle avait décidé

» De vivre enfin sa vie, et non de la pleurer.

Cette fois, Cyrano fixa l'horizon. Un peu comme s'il croyait y retrouver, quelque part, les traits du visage de sa Roxane disparue.

Ses yeux s'embrumèrent légèrement, et les adolescents

saisirent tous deux que sa gorge, à ce souvenir, se trouvait encore nouée par l'émotion.

— Cette nouvelle eût pu me rendre un peu amer,
» Me faire ployer le dos, éveiller ma colère…
» Mais en réalité, je me sentais heureux,
» La savoir entourée, quel rêve chaleureux !
» Sa volonté de vivre valait plus que de l'or
» Et son courage me fit l'admirer plus encore !

Solennel, le bretteur posa un genou à terre. Cette fois, il prit non seulement la main d'Inès, mais aussi celle de son enfant.

— Or donc, ayant compris le destin de ma belle,
» Je prêtai aussitôt un serment solennel :
» Celui de protéger par-delà le tombeau
» Ses dignes héritiers, d'accourir aussitôt
» Que le danger, perfide, songeât à les frapper.
» Qu'importaient les ravins, les pentes escarpées !
» Rien, en ce vaste monde, pour gêner ma venue
» Vers vous, Théo… Inès…

— Je m'en suis souvenu…

Le bretteur inclina la tête devant Inès Murillo, qui venait de s'exprimer. Dans la moustache de Cyano naquit un franc sourire.

En se rendant à Paris, Inès Murillo était, certes, venue chercher l'aide de Soryan, en même temps qu'elle voulait se venger de lui. Mais elle avait en réalité fait d'une pierre *trois coups*. Car, très tôt, elle avait compris que rien ni personne n'eût pu se mettre en travers de la parole donnée par Cyrano.

De Soryan Nesh, elle avait gardé, malgré l'épisode de la montagne, le souvenir des aventures qu'il lui avait jadis promises. Quelques mois durant, elle avait parcouru les routes à la recherche des chimères chères à l'Indien, laissant Théo derrière elle, chez sa sœur, chez une amie, chez une baby-sitter. Ce changement d'air, paradoxalement, avait développé un instinct maternel qu'au départ, elle ne possédait pas vraiment. Et désormais, si elle s'autorisait parfois des escapades, elle ne jouait plus vraiment les mères absentes auprès de Théo.

Instinctivement, elle serra son fils entre ses bras.

Le bretteur beau parleur, cette fois, ne dit plus rien. Il esquissa un pas en arrière, effectua encore une révérence, puis s'apprêta à replonger dans les limbes dont son serment l'avait tiré. Solennellement, il porta la main au visage, pour un départ imminent.

À cet instant précis, Alexandra s'écria :

— Cyrano ! Attention !

Un éclair argenté avait attiré l'attention de la spirite : Borja, remis de ses blessures, venait de dégainer un revolver. Ne s'avouant pas vaincu, l'assassin avait voulu reprendre l'avantage. Plutôt que jouer l'innocence, et tenter la temporisation, il avait choisi cette radicale solution : se débarrasser immédiatement de tous les témoins présents.

L'arme tonna au moment du coup de feu.

Il y eut quatre cris qui, comme la détonation, résonnèrent un moment, dans la baie alentour.

Le premier cri venait de Tom. N'écoutant que son courage, l'adolescent avait protégé Théo de son corps.

Le second cri, celui d'Alex, s'était produit lorsque la spirite crut son ami touché.

Le troisième cri, plus rauque, avait été poussé par

Cyrano. D'un ultime mouvement de fleuret, il avait dévié le tir, et de nouveau désarmé Borja.

Le quatrième cri, enfin, exprimait la douleur mélangée de stupeur de Borja : en le désarmant, en effet, Cyrano de Bergerac venait cette fois de lui sectionner deux doigts. Ceux-ci gisaient, sanglants, à quelques centimètres des témoins miraculés.

— Beuuurk, fit Alex, dans une grimace de dégoût.

Borja n'eut même pas le temps de s'appesantir sur la perte de son pouce et de son index. Une ombre, derrière lui, le fit sursauter. Alors, il aperçut sa sœur, et dans ses yeux toute la rage d'une sorcière déçue.

D'un coup de poing chargé d'énergie mystique, elle le foudroya sur place.

Borja Murillo tomba, inerte, comme s'il venait d'être frappé par la foudre. Chacun regarda Inès avec un mélange de stupeur, de surprise, et un soupçon d'admiration.

— Quoi ? interrogea la fatale brune, en haussant les épaules. Tout à l'heure, j'étais à bout de forces, je ne respirais plus… Mais en temps normal, je sais me défendre !

Cyrano hocha silencieusement la tête : ce tempérament d'Inès, il le connaissait bien, pour en avoir déjà été témoin quelques années auparavant.

— Waouh, maman, s'exclama Théo, subjugué. Je savais pas que tu pouvais faire ça !…

Les traits assurés de l'Espagnole se décomposèrent.

— Oh, Théo, *cariño*… Ne… Ne fais surtout pas comme maman. C'est très, très mal, de frapper les autres, comme ça !…

À leurs pieds, Borja s'était évanoui. Alex poussa un soupir de soulagement. Thomas, lui, oscilla entre la fierté d'avoir eu le réflexe de protéger Théo, et la peur panique d'avoir bien failli perdre la vie ce soir. Inès serra très fort son fils entre ses bras, préférant se concentrer sur cet amour plutôt que sur l'atroce trahison dont toute la famille avait été victime.

Au loin, la sirène d'un bateau et les hurlements des mouettes chassèrent bientôt leurs cris, leurs marques de surprise, et leur soulagement.

— Le coupable est à terre, me voilà rassuré.

» Inès et puis Théo se trouvent hors de danger.

» Je puis donc m'éclipser, retourner au néant,

» À ces limbes qui sont mon foyer à présent.

» Je m'en vais me draper de leur lueur diaphane.

» Avec un peu de chance, j'y croiserai Roxane.

Sur ces mots, Cyrano de Bergerac effectua une longue révérence. Puis il trouva le moment fort opportun pour disparaître dans un élégant éclair bleuté.

Épilogue

— Alors, cette affaire Murillo ?

— Pffff, ne m'en parlez pas, Yun-Lin : une véritable catastrophe !

Soryan Nesh, les cheveux en bataille, les traits tirés, la mine défaite, s'affala dans le vieux fauteuil où il prenait rituellement place lorsqu'il rendait visite à la scientifique aux cheveux gris. Celle-ci affecta une expression dubitative, triturant la poche décousue de son jean élimé.

— Une catastrophe, une catastrophe, comme vous y allez !... Ce qu'elle vous a rapporté a de quoi couvrir vos arrières pour de *très nombreux* mois.

— De très nombreux mois ? répéta Soryan Nesh, clairement ironique. Alors ça ! Je vous le ressortirai, la prochaine fois que vous me produirez vos fameuses factures !

— Eh bien, qu'est-ce que j'y peux, si votre petite entreprise nous coûte de plus en plus cher ? Plus vous accumulez les masques, plus vous aurez de frais concernant leur entretien. C'est mathématique !... Et je ne vous parle pas des coûteuses médecines qui vous font encore tenir debout ! Le « Nesh Spécial », par exemple, nous a laissés sur la paille. Heureusement que la « catastrophique » affaire Murillo est passée par là pour renflouer les caisses.

— Caisses dont vous me déplorerez l'état d'ici moins de trois semaines, j'en mets ma main à couper !

— Laissez un peu votre main tranquille, Soryan ! Déjà, c'est un miracle si vous parvenez encore à vous en servir, nécrosée comme elle est !

À cette remarque, Soryan Nesh préféra ne pas répondre directement.

— Pfffff... Faites plutôt ce pour quoi je vous paye, Yun-Lin, et foutez-moi la paix.

— Mmmh, se vexa la Chinoise. Toujours aussi aimable, à ce que je vois ! Le succès ne vous réussit guère.

Soryan Nesh se redressa sur son siège.

— Le *succès* ?... Quelle partie de « catastrophe » n'avez-vous pas encore comprise ? Je viens de passer trois semaines à me remettre de ce fiasco ! Alors d'accord, l'affaire a été réglée, et nous avons peut-être évité l'arrivée d'une répugnante créature omnipotente, au passage. Mais pour le reste, je suis furieux : mes soi-disant assistants, censés veiller sur moi, ont laissé le numéro 3 me mettre complètement en veilleuse. Je suis resté deux bonnes heures sur la touche, à regarder ce guignol à long nez me manipuler comme une marionnette, sans que je ne puisse même lever le sourcil !

— Ce n'est pas le premier à vouloir vous évincer, Soryan, et ce ne sera pas le dernier. Mais deux heures complètes, c'est beaucoup, en effet…

— Oui, c'est beaucoup ! Surtout lorsqu'il s'agit, en théorie, de l'un des masques les plus dociles de ma collection !

— Mmmh, il faut peut-être revoir notre système de runes, admit Yun-Lin, songeuse. C'est donc pour cela que je n'ai pas entendu parler de vous, ces derniers jours…

— Nous avons été obligés de rester sur place… Cette exposition prolongée au numéro 3 a été comparable à une grippe carabinée, mêlée d'une anémie particulièrement féroce. Je ne vous raconte pas le concert de marteaux-piqueurs, sous mon crâne ! Et pendant ce temps-là, mes charmants assistants profitaient de la piscine et de tout le confort de la propriété Murillo, en compagnie d'Inès et d'un Carlos miraculeusement sorti du coma…

— Les sales gosses…, commenta Yun-Lin dans un sourire empreint d'une affection naissante.

Plus elle les connaissait, plus la Chinoise les trouvait sympathiques, ces deux-là ! Sur ce point précis, Soryan ne se rendait pas compte de sa chance.

— Ajoutons à tout cela les tentatives d'intimidation du numéro 21. Et la totale inutilité du numéro 8, désormais… Un fiasco, je vous dis !

Yun-Lin, cette fois, se retint d'exploser de rire. Elle avait l'impression que Soryan Nesh cherchait des prétextes pour se faire plaindre, qu'il se comportait comme un enfant gâté. Pour ne pas trahir son amusement, elle posa une autre question.

— Bon, et comment vous vous êtes sorti de cette grippe, finalement ?

— À votre avis ? Il a fallu, au bout du compte, utiliser

la toute dernière dose de « Nesh Spécial »... Le seul remède capable de me remettre d'aplomb.

— Ça va, j'ai compris... Il va me falloir en fabriquer quelques nouvelles doses. En ce cas, d'accord, j'avoue... « de nombreux mois » risquent fort de se métamorphoser en « quelques semaines »...

Un silence passa entre la scientifique, de plus en plus facétieuse, et le détective, de plus en plus déprimé.

— Ah, ces finances ! soupira celui-ci. Je me demande si je ne devrais pas utiliser le numéro 9, pour nous maintenir un peu plus à flot.

— Parce que vous ne l'avez pas déjà fait, un peu trop de fois peut-être ? Combien d'argent au juste, avez-vous illégalement acquis grâce aux talents de monsieur Lupin ?

Soryan Nesh se contenta d'un geste vague, qui en disait un peu trop. Sur ce point, Yun-Lin pensait que moins elle en savait, mieux cela valait pour elle. Sans même y réfléchir, elle défit le bandage de la main droite de Soryan, et commença à lui prodiguer quelques soins.

— Au fait, et ces recherches ? demanda soudain Soryan. Ça a donné quelque chose ?

— Quelques pistes, rien de concret... Blaise Tête-de-Lion m'a un peu aidée... Nous n'en tenons toujours que deux sur les cinq. Mais ces deux-là, bien sûr, pas question de les lâcher !...

Soudain, le ton était devenu plus sérieux. Car l'un comme l'autre savaient combien *cette affaire-là* était importante.

Bien plus importante aux yeux de Soryan que tous les cas, passés, présents ou futurs, que pourrait un jour traiter l'Agence 100 Visages. Tout en appliquant un baume sur la main noire de Soryan, Yun-Lin proposa :

— Vous savez, dans l'idéal, vous devriez demander de l'aide au jeune Thomas Marquez. Il me semble beaucoup plus doué que moi, dans le traitement des données glanées en ligne.

Soryan braqua sur elle ses yeux couleur d'azur.

— Jamais ces deux enfants ne doivent connaître nos plans concernant l'affaire du 19 mai, énonça-t-il, autant pour lui-même que pour Yun-Lin.

— Oh ! on peut toujours s'arranger pour qu'ils servent nos intérêts, sans vraiment qu'ils se rendent compte qu'ils les servent… Vous voyez ce que je veux dire ?

Soryan réfléchit. Puis il hocha la tête. Oui, il voyait tout à fait ce que Yun-Lin voulait dire. Mais à la vérité, il ne se sentait pas encore prêt, pour risquer la sécurité de ses deux assistants.

« Tu vieillis, Soryan », se dit-il. « Après tous ces dominos, patiemment alignés, il ne faudrait pas que ces deux ados deviennent ton talon d'Achille… »

Lorsqu'il se trouva seul, et que Yun-Lin se fut retirée dans son laboratoire pour effectuer quelques analyses, Soryan Nesh se leva et, d'un pas traînant, il ouvrit la grande mallette qu'il ne voulait jamais quitter.

Sa main droite s'engouffra dans le compartiment numéro 3, pour en tirer le fleuret de Cyrano.

Ces dernières semaines, il avait pris la décision de mettre le masque du bretteur en quarantaine. Car celui-ci avait clairement agi *tout seul*. Soryan n'avait même pas osé parler à Yun-Lin de la façon dont la rébellion s'était produite. Tout s'était passé comme si l'artefact magique, lié à l'âme de Cyrano, s'était brusquement trouvé capable d'une emprise sur le monde. Contre son gré à lui. En toute impunité.

Soryan Nesh, résolu, ôta la lame de sa mallette, et se leva pour aller la remiser dans un coffre, en attendant de trouver une meilleure solution.

Au moment de la jeter au fond du coffre, sa main effleura le pommeau du fleuret. Par défiance, un peu. Et pour se rassurer. Les runes qui l'ornaient roulèrent de l'objet jusqu'à sa paume, son visage se transforma, mais il ôta ce masque naissant, aussitôt. Crispant ses doigts, il maintint le visage arraché. Lequel, pour une fois, ne s'était pas immédiatement dissout dans l'air. Alors, Soryan s'adressa à ce double, comme il ne l'avait jamais fait.

— Tu t'es manifesté, sans même que j'aie recours à mes habituelles passes magiques, grogna-t-il. Toi, mon bonhomme, je ne suis pas près de te réutiliser ! Il ne faudrait pas que tu oublies qui, de nous deux, est le maître !

Soryan avait utilisé son ton le plus implacable pour remettre à sa place ce spectre qui lui devait son retour parmi les vivants.

Mais soudain, l'enquêteur indien fut saisi d'un frisson glacial. Car, au moment de disparaître, il lui sembla que le visage du bretteur était en train de lui sourire.

Fin de l'épisode

Quelques visages de
SORYAN NESH

Pour les membres de l'Agence 100 Visages, tous les personnages qu'incarne Soryan Nesh ont réellement existé. Dans notre monde, en revanche, les masques qu'il collectionne sont issus de la plume de différents auteurs…

NUMÉRO 3 : CYRANO DE BERGERAC

Bretteur à long nez et au verbe haut. Rendu célèbre par l'excellente pièce de théâtre d'Edmond Rostand, conçue en alexandrins, Cyrano de Bergerac a vraiment existé. De son vrai nom Savinien de Cyrano (dit de Bergerac), il résidait à Paris au XVIIe siècle, rédigeait poèmes, pièces de théâtre, et lettres satiriques.

Note de l'auteur : Je me suis tellement amusé à mettre en scène Cyrano lors du tome précédent, qu'il me semblait important qu'il revienne. Il fait partie de ces masques que j'affectionne particulièrement, et que je compte ressortir, de temps en temps. Et puis, rédiger des alexandrins, quel(s) pied(s) !

Conseil de lecture : *Cyrano de Bergerac*, pièce en cinq actes d'Edmond Rostand. Le moment le plus marquant est sans conteste la géniale tirade du nez.

NUMÉRO 9 : ARSÈNE LUPIN

Arsène Lupin, c'est le plus grand des voleurs… Oui, mais c'est un gentleman ! Le genre de malfrat à posséder un certain savoir-vivre, en toutes circonstances. Charmeur, roublard et beau garçon, Arsène Lupin séduit les dames de la haute société, avant de piller leurs riches demeures. Mais en leur laissant un mot d'excuse ou un bouquet de fleurs !

Inventé à la fin du XIXe siècle par Maurice Leblanc, Arsène Lupin file sans cesse entre les doigts de la police, tout en accomplissant des larcins toujours plus extraordinaires.

Note de l'auteur : Arsène Lupin est un as du déguisement, et change fréquemment d'identité. Avant de le mettre en scène, je me suis amusé à lui inventer une anagramme qui n'existait pas encore dans l'œuvre originelle. L'idée était d'utiliser un personnage que les lecteurs-enquêteurs ne pouvaient pas immédiatement identifier à l'aide d'un moteur de recherche. Alors, je vous ai eus ?

Conseils de lecture : *L'Aiguille creuse* est un incontournable. J'y fais d'ailleurs allusion, lorsque notre voleur trouve la salle secrète, chez les Murillo. Adolescent, j'ai dévoré *Arsène Lupin contre Herlock Sholmès,* une enquête-crossover où Lupin affronte une parodie de Sherlock Holmes. Le fait que ces deux célébrités se rencontrent m'avait profondément marqué. De quoi inspirer quelques idées pour poser, bien plus tard, les bases de l'univers de Soryan Nesh.

Et aussi : Les chansons de Jacques Dutronc, inspirées par l'œuvre de Maurice Leblanc. Mon neveu s'appelle Arsène et, à chaque fois que je les écoute, je pense forcément à lui.

NUMÉRO 15 : QUASIMODO

Quasimodo est l'un des personnages principaux de Notre-Dame de Paris, une histoire imaginée par l'un des plus fameux écrivains français, le très prolifique Victor Hugo. *Notre-Dame de Paris* narre l'improbable rencontre entre Quasimodo, un monstrueux bossu, frustre et simplet, et la gitane Esmeralda, une jeune femme plutôt attirée par le capitaine Phoebus, un bellâtre calculateur et ambitieux. Un vrai tire-larmes !

Note de l'auteur : Victor Hugo est l'un de mes écrivains préférés. Utiliser, même brièvement, un personnage issu de l'imagination du grand Victor, quel honneur !

Le pot de grès, que Soryan Nesh utilise pour se transformer, fait référence à l'une des scènes les plus touchantes du livre. Souhaitant séduire Esmeralda, le bossu de Notre-Dame lui laisse le choix entre ce vase grossier, qui contient de jolies fleurs, et un vase de cristal ébréché, qui ne comporte que des fleurs fanées. Le premier vase (apparence repoussante, bel intérieur) représente Quasimodo. Le second vase (aspect élégant, intérieur desséché) représente Phoebus, ce beau gosse qui ne la respecte pas. Bien entendu, Esmeralda choisit le plus beau vase des deux.

Enfin, impossible d'évoquer Quasimodo sans déplorer l'incendie du 15 avril 2019 qui a récemment ravagé la cathédrale de Notre-Dame, et détruit sa flèche…

Conseil de lecture : Évitez les nombreuses adaptations (souvent trop hollywoodiennes) de l'œuvre originale, car rien ne saurait rendre justice à l'écriture d'Hugo. Si vous avez aimé *Notre-Dame de Paris*, jetez-vous sur *L'Homme qui rit, Les Misérables, Les Contemplations, La Légende des siècles*, quelques sommets de la littérature hugolienne.

NUMÉRO 21 : LE COMTE DRACULA

On ne compte plus les films, séries, livres, BD et jeux vidéo qui mettent en scène le plus redoutable de tous les vampires.

La fiction puise son inspiration du réel et de la figure de Vlad III Basarab, surnommé « l'Empaleur », souverain redouté d'Europe de l'Est ayant régné au XVe siècle. Transformé en vampire sous la plume de Bram Stoker, le personnage du comte Dracula est depuis devenu l'archétype du seigneur des ténèbres tout puissant, autour duquel tout un pan de la littérature a été bâti. De l'interprétation la plus kitsch à son incarnation la plus effrayante, ce bon vieux comte est désormais une figure incontournable de la culture populaire, présent dans toute bonne fête d'Halloween qui se respecte.

Note de l'auteur : De toutes les identités empruntées par Soryan Nesh, certaines ne reviendront peut-être pas. Mais il est impossible de ne pas succomber à la tentation d'étendre encore davantage la vénéneuse présence de Dracula, qui n'a encore rien montré de sa corruptrice influence.

Conseils de lecture : Le *Dracula* de Bram Stoker, bien sûr ! Un incontournable de la littérature gothique. Tout au long du récit, le vampire aux mille pouvoirs n'est perçu que par le regard des autres. Ce qui renforce encore son aspect insaisissable et terrifiant.

Et aussi : Les jeux vidéo de la série Castlevania finissent, la plupart du temps, par un affrontement entre un descendant de la famille Belmont, et le comte Dracula. Une autre façon d'appréhender le mythe !

NUMÉRO 33 : LE GOLEM

Le Golem est un personnage de légende, issu de la culture juive. Il s'agit d'une créature artificielle, faite d'argile. Sur son front figure le mot « emet », qui veut dire vérité. Lorsque l'on efface le « e » de ce mot, celui-ci devient « met », qui signifie mort. À cet instant, le golem redevient poussière, et le sortilège prend fin.

Notes de l'auteur : originellement, Soryan Nesh devait se métamorphoser en Néron, l'empereur que l'on a soupçonné d'avoir incendié Rome, et s'exprimer en latin. Mais cette transformation rendait la scène trop comique, et gâchait la tension dramatique générée par l'incendie.

Conseils de lecture : Plutôt un conseil de visionnage cette fois : le vieuuuuux film muet *Le Golem* (1920), du réalisateur allemand Paul Wegener, cinéaste qui appartenait au mouvement expressionniste.

NUMÉRO 46 : RANDOLPH CARTER

L'univers étrange et dérangeant d'H.P. Lovecraft est peuplé de créatures antiques, de dieux malfaisants, de puissances occultes qui manipulent l'humanité, cette fragile espèce qui ne leur survivra pas. Randolph Carter est l'un des nombreux personnages propulsés aux franges d'une réalité sinistre et dangereuse, qui menace à tout instant de vous rendre complètement fou.

Notes de l'auteur : L'ambiance entière de la malédiction Murillo baigne dans une lumière toute lovecraftienne. Si Lovecraft ne semble pas avoir été un personnage très fréquentable, sa paranoïa galopante a donné naissance à un panthéon unique et fascinant.

Conseils de lecture : *Les Montagnes hallucinées, La Couleur tombée du ciel,* mais aussi *L'Affaire Charles Dexter Ward* sont parmi les meilleurs récits du genre fantastico-horrifique.

Et aussi : *L'Appel de Cthulhu,* l'un des seuls jeux de rôles où le destin de votre personnage mène immanquablement à la folie, ou à la mort. Et encore, si vous avez de la chance !...

Dans le prochain épisode,
L'agence 100 visages prend le large !

Les 100 VISAGES de
SORYAN NESH

3. L'Âme de fond
(parution en janvier 2020)

MAXIME FONTAINE

Grand admirateur d'Alan Moore, Neil Gaiman, David Lynch, Terry Gilliam, Hayao Miyazaki, Philip Pullman, André Franquin, Eiichirô Oda, Shingo Araki, Yuki Urushibara ou encore Georges Méliès, pour ne citer qu'eux, Maxime Fontaine s'inspire de ces illustres modèles pour perfectionner ses talents de conteur.

Ses études le font rencontrer Bertrand Ferrier, avec qui il publie la trilogie jeunesse des Gardiens de Mallemonde. Il invente aussi clips, visuels et story-boards, pour animer les concerts des groupes Atlantys et Old Tree'z. Il participe à la grande aventure des blogs BD, en publiant régulièrement les Chroniques d'un papa célibataire, puis les Chroniques d'une famille recomposée.

Mais l'écriture lui manque, aussi se lance-t-il dans la rédaction de *Mes vies à l'envers*, thriller historique et fantastique, publié en 2018 par Gulf stream éditeur (collection « Échos »). Son goût pour la littérature classique et les histoires policières lui donnent ensuite l'idée d'une nouvelle série, Les 100 Visages de Soryan Nesh.

TABLE DES MATIÈRES